아무 걱정 없이
오늘도 만두

아무 걱정 없이
오늘도 만두

만둣집 찾아 방방곡곡, 만두 먹으며 시시콜콜

초판 1쇄 발행 2022년 3월 5일

지은이 황서미
기 획 호야쿡스

펴낸곳 도서출판 따비
펴낸이 박성경
편 집 신수진, 최아영
디자인 김성엽의 디자인모아

출판등록 2009년 5월 4일 제2010-000256호
주 소 서울시 마포구 월드컵로28길 6(성산동, 3층)
전 화 02-326-3897
팩 스 02-6919-1277
메 일 tabibooks@hotmail.com
인쇄·제본 영신사

ISBN 979-11-92169-07-1 03810
값 17,000원

아무 걱정 없이 오늘도 만두

황서미 지음

만둣집 찾아 방방곡곡
만두 먹으며 시시콜콜

따비

이십 대 중반, 친구들은 대부분 아직 학교를 다니거나, 혹은 졸업을 늦추고 배낭여행이다 어학연수다 하며 부모님 집에 살던 시절, 국민소득 1만 달러 시절에 결혼을 했다. 살림이라고는 결혼 전 1년 정도 학교 앞에서 자취를 하면서 깔짝깔짝 압력솥에 밥을 지어본 것이 전부였다. 당시엔 차도 없었는데, 김치를 어떻게 친정에서 가져다 먹었는지 모르겠다. 그런 누추한 음식 솜씨로 결혼했다. 1990년대 후반, 그 시절에는 부부간 성별 분업이 지금보다 더 또렷했으니, 나는 본격적인 '집사람'으로 무럭무럭 성장하고 있었던 것.

당시 탤런트 손창민 씨의 부인 이지영 씨가 낸 요리책이 베스트셀러가 됐는데, 그 책에 고추장이며 찌개 국물이 다 튀어 마른 자국이 구깃구깃해지도록 음식 만들기에 매진했다. 결혼하고 신혼집에서 생활하니 이것, 생각보다 무척 재미있었다. 얼마 전까지는 남친이었던 남편과 아무리 고함을 지르고 싸워도 전화 연락이 끊겨 가슴앓이 할 염려도 없이 일단 집으로는 기어들어온다는 것이 결혼생활 최대의 매력이었다. 게다가 무엇이든 잘 먹는 남편에게 음식을 직접 만들어 먹여 보면서 내가 한 요리의 맛을 가늠할 수 있던 터라 그 또한 게임에서 한 레벨씩 클리어하듯 재미있었다. 때로 생일 같은 날에는 요리책을 뒤적이며 닭찜이나 팥죽 같은 특별식을 만들며 생색도 내보고…….

새댁이 아무리 애써본들, 공부에도 요령이 붙어야 성적이 올라가고 전체 얼개를 봐야 깊이 파고 들어갈 수 있듯이, 요리가 외워서 될 일이 아니라는 것을 나중에야 알았다. 한창 놀 나이에 새댁이 되었기 때문에 우리 집은 결혼 안 한 친구들의 아지트가 되었다. 허구한 날 남편 친구들, 내 친구들이

한데 모여서 술 마시고 놀았다. 물론 끓는 혈기에 밤새 술을 퍼대다가 우리 집에서 자고 가는 날도 허다했고.

문제는 해장. 지금처럼 냉장고 문 열면 뚝딱 한 그릇 만들 수 있는 연륜이 없었던 이십 대 젊은이가 대여섯 명씩 되는 친구들의 해장을 책임지기란 쉽지 않았다. 라면을 끓여대는 것도 한계가 있었다. 무엇보다도, 시뻘건 눈을 한 청춘남녀의 배를 채울 정도의 식재료란 실로 어마어마했다. 군대 취사병도 아니고 그런 어마어마한 분량의 음식의 간이나 국물의 양을 맞추는 일은 너무 어려웠다. 그러던 어느 날, 그날은 남편의 절친들도 휴무였던지라 그 어느 때보다 여유롭게 뭉그적대며 아침을 맞이했다.

아, 오늘은 뭐 먹나. 남자 셋, 여자 셋이었던 것으로 기억한다. 다들 세수나 하고 앉아 있었을까. 일단 상을 펴고 앉았다. 그중 세상 골초에다 살림이라곤 하나도 할 줄 모를 것같이 생긴 내 친구가 묻는다.

"집에 만두 있어?"

예나 지금이나 만두를 무척 좋아하는 나는 냉동고에 늘 냉동만두를 쟁여두었다. 당시 시판 냉동만두는 지금처럼 다양

하지도 않았고 품질도 좋지 않았다. 만두소나 제대로 들었을
까. 팡팡 찍어낸 공장 만두, 도투락만두면 족했다.

"꺼내봐."

그러더니 친구는 우리 집 부엌에서 주섬주섬 냄비와 국자
를 집어 들었다. 우리 집에는 국물을 낼 만한 재료도 없었다.
냉장고에 파나 조금 있었을까. 고명으로 얹을 만한 것도 없었
고 하다못해 버섯 쪼가리도 없었지만, 친구는 거침없었다. 냄
비에 맹물만 부어 끓이기 시작했다. 10분도 안 되어서 달큰
한 만둣국 냄새가 났다.

"자, 갑니다! 밑에 받칠 것 깔어, 깔어!"

친구가 양손으로 손잡이를 행주로 싸서 김이 모락모락 오
르는 냄비를 들고 오니, 그 자리에 있던 친구들 모두 환호성을
질렀다. 이 집 냉장고에서 이런 근사한 만둣국이 나오다니!

"와, 대단하다."

"나, 분식집 딸이잖아."

맞다. 친구의 어머니는 증산동에서 분식집을 하고 계셨다.
분식집 하면서 딸 셋 다 대학 보내고, 예쁘게 잘 키워내셨지.

"그럼, 네가 분식집에서 음식도 만들어?"

"어, 가끔. 엄마 하는 것 보고 만들지."

고수는 따로 있었다. 그날 친구들과 머리 맞대고 땀 흘리며 먹었던 그 만둣국을 잊을 수 없다. 국 안에 떡국 떡도 없었다. 만두에 파 조금 썰어 넣고, 국간장에 소금을 넣어서 간을 맞춘 것이 다일 것이다. 그리고 마지막 달걀 줄알 치기.

달걀을 풀어서 포크로 탁탁탁 쳐서 알끈까지 최대한 풀리게 섞는다. 그리고는 물이 팔팔 끓을 때쯤 쪼르르르 줄이 생기게 흘려 붓는다. 그러면서 슬슬 국물을 휘젓고는 뒤도 돌아보지 말고 불을 딱 끄는 것이다. 그러면 뜨거워진 국물의 열 때문에 달걀이 알맞게 익는다. 그 만둣국을 우리는 후루룩후루룩 얼마나 맛있게 먹었던지.

아니 그런데, 정신을 차리고 보니 문제가 생겼다. 남편에게 이것저것 음식을 해서 주어도 이리 감동한 모습은 본 적이 없었다. 게다가 다른 녀석들도 지금 이 시크한 '예비 현모양처'의 모습을 입 벌리고 우러러보며 다들 눈에 하트를 달고 있었다! 만둣국 하나로 뭇 사내들의 마음을 이리도 휘몰이해 가다니. 만둣국 한 그릇 신나게 잘 먹고 나니 참으로 뼈적지근한 질투심이 들어 불편했던 기억이 난다.

이십 대의 철없고 귀여웠던 추억도 이리 만둣국에 담겼다.

세상에 만두를 사랑하는 사람들은 많다. "만두 싫어하는 사람도 있어요?"라는 질문을 종종 받는다. 그만큼 한국인에게 만두는 어디서든지 쉽게 구해서 먹을 수 있고 누구나 기억 한 자락에 자리 잡고 있는 소울푸드다. 만두에 관해 깊이 공부하는 고수들도 많다. 인류는 언제부터 만두를 먹어왔는지, 어느 지역에서는 어떤 형태의 만두를 먹었는지 그리고 어떤 경로로 만두가 우리나라에 전해졌고, 지금은 전국에서 어떤 만두를 먹고 있을지 연구하는 음식문화 전문가도 있다.

그렇다면 나는 어떻게 만두에 대한 나의 사랑을 전할까 궁리해봤다. 그래서 얻은 결론, 만두의 맛에 내 기억을 입히기로 했다. 만두를 먹는 행위는 내게 '위로'가 되기도 했고, 소망을 비는 '제사'이기도 했다. 만두는 '만둣집 주인'이라는 제사장의 솜씨를 빌려 내 마음을 치료하고 마음의 근육을 길러준 종교와도 같다.

조금은 과하게 만두를 먹으러 다니면서 그때그때 생긴 에피소드 속에 만둣집마다 각기 다른 정성으로 빚어낸 만두의 맛과 훈기를 담아내려 했다.

만두를 좋아해서 전국으로 만두 여행을 떠난다고 얘기하면 다들 자기가 여행 가방을 싸는 것처럼 신을 냈다. 그리고 각자 맛있게 먹었던 만두를 하나씩 내게 소개하곤 하는데 열 중에 여덟은 모두 군만두로 묶여 불리는 '중국식 만두'다.

중국이야 만두가 가벼운 간식이 되기도 하고, 특히 북쪽으로 가면 면과 함께 주식으로 먹으니 종류도 많다. 그리고 우리가 만두라 일컫는 소를 피로 오므려 싼 '만두'와 중국에서 밥 대신 먹는 흰색의 빵 '만터우'는 개념 자체가 다른 음식이다. 그런데도 '중국 만두'라고 하면 이제는 슬슬 사라지고 있는 짜장면집 서비스가 떠올라서 그런지 '군만두'를 생각한다.

이 책에서 맛볼 만두를 고르던 내 나름의 기준은 '한국 만두일 것'이었다. 어떤 것이 '한국 만두'냐고 묻는다면 나는 시장통 만둣집, 뿜어내는 흰 김 속에서 얼굴을 드러내는 찐만두라고 답하겠다. 만두소로는 돼지고기 다진 것, 부추, 당면, 김치, 때로는 숙주가 들어간다. 이렇게 한 번 쪄내고 난 다음에야 군만두로도 만둣국으로도 변주할 수 있다. 물론 다른 나라

만두도 다 쪄내는 과정을 거치지 않느냐고 물어볼 수 있겠지만, 그래도 한국 사람이라면 알 것이다. 육즙 뚝뚝 떨어지는 중국식 만두, 얄밉게도 빈틈을 내주지 않는 일본식 교자와는 다른, 우리 만두만의 칼칼함, 푸짐함, 녹진함 그리고 흰 김 속에서 느껴지는 고소하게 발효된 밀가루 내음…….

한 해 한 해 흘러가면서 점점 친구보다 함께 일하는 파트너들이 늘어난다. 그 시간 속에서 더 좋은 결과물을 위하여 나와 머리를 맞대고 고민하는 이들과 친구가 되는 행운을 얻기도 한다.

먼저 이 책의 처음부터 끝까지 함께 고심해준 호야쿡스의 이호경 대표에게 감사 인사를 먼저 전하고 싶다. 그리고 내가 영화의 끈을 놓지 않도록 도와주시는 분들께 나의 고마움, 넉넉하게 담아 드린다. 그리고 주인 닮아 할 말이 많은 문장을 다듬어주고 담백한 글에서 느껴지는 힘이 뭔지 알려주신 최아영 느린서재 대표께도 감사하다. 다시 출판이라는 세상에서 새로운 전기를 맞이하시길.

빈틈없는 일정 속에서도 내게 커다란 휴식과 늘 예상을 뛰

어넘는 웃음을 선사해주는, 그리고 늘 함께 '어떤 것'을 '도모'하는 친구, 김은하 대표에게도 고마움을 전한다. 촌철살인의 센스로 내 글의 크레바스와도 같은 허점과 장점을 정확히 그리고 정성껏 짚어내주는, 아직도 내 휴대폰에는 '작가님'으로 저장된 영화 선생님, 이용연 작가도 고맙다.

그리고, 예쁘게 디자인해주신 '디자인모아' 김성엽 실장님, 날아다니는 글을 어떻게 붙잡아 꿰어서 보석을 만들어야 할지 큰 공부의 기회를 마련해준 따비의 신수진 편집장과 좋은 무대를 만들어준 박성경 대표께도 큰 감사 올린다.

매주 머리 풀어 헤치고 만두 먹겠다고 전국으로 돌아다니는 아내에게 '내 일이 아니라는 듯' 통영 앞바다처럼 넓은 배려를 베풀어준 남편에게도 감사하다. 역시 가까운 이들 사이의 최고의 편안함은 '관심 없음'에서 나오는 것일지도 모르겠다. '무관심'과 '관심 없음'의 어마어마한 차이는 분명 알고 계시리라.

마지막으로 내 새끼들.

늘 "엄마, 지금 어디야?"를 물으며 엄마를 기다리는 딸 성원에게 고맙고 미안하다. 늘 기다리게 하고, 필요할 때 뭔가 없어지게 하고, 냉장고에 먹을 것도 하나 없이 텅텅 비게 해서. 그리고 우리 귀염둥이 아들, 만두 혜성이. 예상을 뒤엎고 당당하게 초등학교에 잘 적응해준 것만으로도 메가톤급 효도다. 덕분에 이 책을 잘 마무리해낼 수 있었다.

그리고, 세상에 태어나게만 해놓고 만나지 못하는 나의 아이들에게 고개도 못 들 만큼의 미안함과 비루하기 짝이 없는 엄마의 사랑 보낸다.

어떤 분은 매년 1월 1일이 되면 만두를 잔뜩 빚으신단다. 어느 해 한 번 그렇게 했더니 가족들이 모두 12월 말이 되면 올해는 무슨 만두를 빚을 거냐며 눈빛을 반짝거린다고 한다. '특별한 때가 되면, 우리 집에서 특별한 음식을 먹을 수 있을 것'이라는 기대감은 그 무엇과도 바꿀 수 없는 삶의 큰 추억이 된다. 아무리 뿔뿔이 나가 사느라 힘이 들어도, 어떤 날만 되면 부메랑처럼 집으로 돌아와 편히 쉬면서 리셋할 수 있도록 해주는 강력한 힘. 바로 복을 짓는 만두가 지닌, 한 김 따뜻한 매력이다.

　세상의 모든 만두에게, 만두를 빚고 찌는 이들에게 감사드린다.

　　　　　　　　　　　　　　　2022년 새봄을 맞으며

　　　　　　　　　　　　　　　　　황서미

2 부

설렘을 안고 만나는, 전국 만두

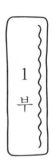

1
부

아무 때나 찾을 수 있어 더 좋은,

서울 만두

무거운 마음마저 걷어내는
개운한 김치만둣국

그날은 마음이 무척 무거웠다. 내 걱정은 종류가 한정되어
있으니 아마도 거기서 거기인 걱정이었을 것이다. 돈 걱정 아
니면 일 때문에 애들을 잘 돌보지 못한 것에 대한 자책, 내 집
마련 걱정, 시댁 식구들 등등…… 남들도 다 하는 고만고만
한 걱정들이다. 해결을 웬만큼 짓지 않으면 밥이 입으로 들어
가지 않을 정도로 예민한 성격인데, 그날은 어쩌자고 걱정을
한 아름 안고 만둣집을 찾았다. 고덕동에 있는 '개성김치손만
두'다. 봄 날씨가 한창인 5월, 밭에 김매러 며느리 내보낸다던

그 봄볕을 맞으며 첫 손님으로 가게에 들어갔다. 오전 10시에 영업을 시작하는데, 내가 어지간히 부지런을 떤 모양이다.

이렇게 이른 시간에도 만둣국을 주시려나 하고 머쓱한 상태로 들어갔다. 시계를 보니 10시 30분이 넘었다. 방금 청소를 마쳤는지 대형 청소기도 밖에 나와 있고 곳곳이 아주 깔끔했다. 양념통이나 테이블도 끈적이지 않게 청소가 잘되어 있다. 이렇게 깨끗한 식당에 오면 마음이 놓인다.

주방에서는 주인 내외가 만두를 만들고 계시고, 홀에서는 따님이 친절하게 안내해주신다. 음식점은 음식만 맛있게 만들어 파는 것이 아니라 손님들에게 좋은 기운을 줄 수 있어야 한다고 생각한다. 이 집은 세 가족이 어쩌나 즐겁고 활기찬지! 손님들에게 좋은 에너지를 나누어주고 있다.

메뉴는 딱 네 가지. 떡국을 제외하고는 모두 김치만두 한 가지만 빚어서 낸다. 거기에 놀라운 것은 가격! 한 그릇에 단돈 5,000원이다. 이 동네 고덕동 주택가에서 25년 넘게 장사를 하셨다고 하는데, 맨 처음 가게를 시작했을 때 가격이 이렇지 않았을까? 그때부터 지금까지 한 번도 올린 적이 없음 직한 착한 가격이다.

5,000원이라는, 서울에서 좀처럼 보기 힘든 가격을 걸고 어떤 음식이 나올지 궁금했다. 이 집 만두의 내실은 익히 소문을 듣고 왔지만 말이다.

만둣국을 주문했다. 잡뼈로 고아낸 사골 국물의 만둣국, 간이 아주 딱 알맞게 나온다. 따로 소금 칠 필요가 없다. 그 위에 몽글몽글 푼 달걀과 김이 고명으로 올라갔다(이 달걀을 푹신하게 국에 흩뿌려 치는 것이 예상외로 고난도의 기술이다. 집에서 감잣국이나 달걀국 끓여본 분들은 잘 아실 것이다).

이 집 만두는 고기 맛보다는 신선한 두부 맛에 압도당한다. 이북식 만두의 맛은 뭐니 뭐니 해도 두부에서 판가름이 난다. 질이 떨어지는 것을 쓰거나 관리를 제대로 못하면 두부에서 살짝 상한 듯한 쉰 맛이 나서 먹기 어렵다. 고기와 당면 혹은 부추와 김치 등으로 승부를 보는 만두와 정통을 자처하는 이북식 만두의 차이가 이것이다. 또한 가게 이름부터 '김치손만두'이니 김치가 맛있어야 함은 당연하다. 일주일에 30포기 정도 손수 김치를 담근단다. 더운 날 배추가 비쌀 때는 어떻게 하냐고 물었더니, 김치만둣집이 김치 안 담그면 어쩌냐고 하신다. 그러면서, 날 더워지면 만두도 덜 찾기도 하니 괜찮다

두부와 김치가 든 만두소도 만두소지만, 이 집 만두의 백미는 만두피다.

만두를 먹다 신물이 넘어올 때가 가끔 있다. 밀가루로 반죽한 만두피 때문이다.

그러나 개성김치손만두의 만두는 정말 속이 편했다.

고 덧붙이신다.

두부와 김치가 든 만두소도 만두소지만, 이 집 만두의 백미는 만두피다. 어려서는 밀가루든 쌀가루든 뭐든지 위장에 쓸어 넣고 먹었다. 이제는 나이가 들어서 그런지, 소주를 장복해서 그런지, 만두를 먹다 신물이 넘어올 때가 가끔 있다. 밀가루로 반죽한 만두피 때문이다. 만두피 먹는 최고의 재미, 쫄깃함은 '글루텐'이 주는 선물인 것에 반해 글루텐 과민반응으로 이리 속쓰림이라는 불청객이 찾아오기도 한다. 그러나 개성김치손만두의 만두는 정말 속이 편했다. 속 편함, 이 집의 최고 장점이다. 이날의 불편했던 마음이 속 편한 만두 덕분에 얼마나 큰 위로를 받았던지.

그 만둣집을 다녀온 지 꽤 되었지만, 그 만두를 얼마나 맛있게 먹었는지 아직도 생생히 기억이 난다. 그날의 메모장에는 만둣국을 신나게 먹으면서 휴대폰 메모장에 적어놓은 감상이 이렇게 남아 있다.

신선한 두부 맛.
두부를 쪼개도 국물에 안 풀어짐.

김치가 새큼하게 아주 잘 익음.

김치만둣국은 만두를 반으로 가르면 만두소가 밖으로 튀어나와 하얀 국물을 빨갛게 만들어놓는 경우가 있다. 물론 그것도 나름대로 맛있다. 일부러 하얀 국물에 김치 적셔서 빨갛게 만들어 먹는 사람도 있다. 그런데 신기하게도 이 만둣국은 끝까지 하얀 국물로 먹을 수 있었다. 정말 맛있게 한 그릇 싹 비웠다. 김치도 한 그릇 더 달라고 해서 다 먹어버렸다.

내 뒤로 가게로 들어온 나이가 지긋한 여사님 세 분이 옆 테이블에서 만둣국을 정겹게 드시는데, 두 분은 동네 주민이고 한 분은 다른 지역에서 일부러 찾아온 분이었다. 이곳에 살다가 이사 가셨는데, 이사 전 날도 이 집 만두가 생각나서 와서 드셨다고 한다.

예전에 지인과 가성비에 대해 이야기를 나눈 적이 있었다. 가성비란 가격 대비 성능, 음식으로 치면 가격 대비 맛이 좋다는 말이다. 적은 비용을 들이고 맛있는 음식을 먹을 수 있다면 그보다 좋을 수는 없을 것이다. 그런데 당연한 이야기이지만, 손님들의 입맛은 열이면 열, 백이면 백 다 다르다. 그러니 가성비 좋은 음식이란 사람마다 다를 것이다. 거기에 다 맞출 수는 없다. 그렇다고 해도 가성비 운운은 외식업자가 먼저 꺼낼 얘기는 아니다. 진짜 음식장사 하는 사람의 마인드라면 맛있는 음식을 내는 게 먼저 아니겠냐는 것이 그녀의 주장이었다. 나에게 개성김치손만두의 만두는 가성비가 좋을 뿐 아니라 굳이 가격을 따지지 않더라도 맛있었다.

그나저나 이날 내가 했던 걱정은 무엇이었을까. 아무리 기억해보려고 해도, 다이어리를 뒤져도, 이날 새벽 무거운 걱정의 무게에 짓눌려서 잠이 깨는 바람에 찬물을 꿀꺽꿀꺽 들이켜야 했던 '고민'이라는 괴물이 어떤 녀석이었는지 생각이 나지 않는다. 신기하다. 분명히 그 일이 해결됐거나 아니면 아무렇지 않아도 되는 상태로 진전했을 터다.

만둣국을 먹고 나오는 길, 잠시잠깐 만두 삼매경에 빠져 신선이 된 듯했다가 현실로 되돌아갈 생각에 한숨이 나왔다. 차 안은 봄볕에 제대로 달궈져 오븐이 되어버렸고. 한숨도 분명히 쉬었는데……. 하지만 만두 맛은 이렇게 생생한지라 글을 쓰는 지금도 군침을 흘리고 있으니. 지금 천둥 번개만 치지 않는다면 당장 고덕동으로 달려갔을 것이다. 당장.

　앞으로 또 다른 새로운 걱정들이 나를 기다리고 있을 것이다. 그때마다 김치 만둣국을 맛있게 먹고 나면 이렇게 기억이 사라질까.

개성김치손만두
....

서울특별시 강동구 동남로85길 70.
매일 10:00~19:00. 재료가 소진되면 문을 닫는다.
일요일 휴무.

고즈넉한 삼청동의 매력을 담은
만두전골집

평창동 북악스카이웨이를 굽이굽이 지나면 정릉이 나온다. 한때 나는 이 정릉 산 몇 번지의 아파트에서 살았다. 전남편이 당시 청와대 경비대대에 근무하고 있었고 군인 아파트가 정릉 산자락에 있어 시작된 생활이었다. 막 결혼하고 꿈에 부풀어 있을 때였다. 아무리 서울이라도 산속에 아파트가 있으니 저녁이 되어 바람이 살랑 불면 솔향기가 훅 끼쳤다. 짐도 얼마 되지 않는 단출한 살림. 이사하던 날 집 정리를 다 해놓고는 마냥 좋아서 남편 팔짱을 끼고 놀이터 앞에서 산책을 했다.

"아, 우리 콘도로 놀러 온 것 같다. 그치?"

어린 나이, 철모르던 때의 나에게 웃음이 난다.

삼청동의 만둣집 '다락정'은 전남편이 근무했던 부대 바로 옆에 있다. 신혼 때는 가끔 택시나 마을버스를 타고 넘어와 남편 퇴근 시간에 맞춰 그 앞에서 기다리곤 했다. 그때도 만두를 좋아했던 나는 남편과 다락정에 자주 가곤 했다. 벽돌담에 우아하게 펼쳐진 담쟁이넝쿨이 30년이 된 다락정의 역사를 보여준다. 내가 한창 다니던 때가 1998년 무렵인데, 이곳이 문을 연 것이 1991년이라고 하니, 당시도 만둣집 8년 차의 위엄을 보여주던 때였다.

1998년 추석, 결혼하고 처음 부산의 시댁으로 용감하게도 혼자(!) 내려갔다. 남편은 명절을 잘 챙길 수 없는 직업군인이어서 어쩔 수 없긴 했다. 시댁에 가보니, 추석 아침 차례는 큰댁이 있는 의성에 가서 지내고, 다시 부산에 돌아와 쉴 새 없이 손님맞이를 했다. 임신 중이던 나는 기름 냄새를 맡으며 전 부치고 고기 굽고 하는 것이 영 고역이었고. 차례를 마치면 나물에다 고추장 넣고 한 그릇 칼칼하게 비벼 먹어야지,

그 한 그릇이 간절했다. 그런데 어르신들은 영 김치도 안 내놓고, 고추장도 안 주시는 것이다. 친정에서는 제사나 차례를 마치면 제수 올린 접시들 내가고 바로 고추장 종지랑 새로 담근 김치가 올라왔는데, '이래서 집안 문화가 다르다고 하는 건가?' 하고는 별생각 없이 "고추장하고 김치 좀 주세요." 했다. 그런데 돌아오는 건 고추장 대신 "서울 며느리라 뭘 모르나 보네. 제사 지내고 고추장에 비벼 먹는 것 아냐. 고춧가루 보면 귀신이 못 와요."라는 대답뿐. 결국 고추장 비빔밥은 얻어먹지도 못하고 이것으로 계속 놀림만 당했다. 덕분에 경북의 제삿밥 문화는 아주 확실히 알게 되었다. 이 지역에서는 제사 지내고 나면 빨간 고춧가루가 들어간 음식을 먹지 않는다. 밥도 나물 얹어서 그저 간장에 비벼 먹을 뿐.

시댁에 있는 내내, 일손도 빠르지 않고 여러모로 부족한 면이 많은 며느리였겠지만 살가운 말 한마디 안 걸어주시니 속이 굉장히 상했다. 그러면서 어머니는 보란 듯이 내 앞에서 피아노 위에 떠놓은 정화수만 바라보며 아들 잘되게 해달라고 계속 싹싹 비시고……. 정작 보고 싶은 '우리 아들'은 안 내려오고 '남의 집 딸'인 며느리만 내려오니 그게 마음이 좋지 않으셨나 보다.

서울로 올라오자마자 집에 가방을 놓고 찾아온 곳이 바로 이곳 다락정이다. 퇴근한 남편이 부대 바로 옆에 있는 다락정 앞에서 나를 기다리고 있었다. 나는 그리 그리워했던 그 칼칼한 맛의 만두전골을 허겁지겁 먹으며, 시댁에서 섭섭했던 일들을 털어놓았다. 배불뚝이가 된 어린 아내에게 고생했다는 말도, 힘들었겠다는 위로도 할 줄 모르는 어린 남편은, 그저 웃기만 했다.

이 집 만두를 그렇게 좋아하면서도, 이런저런 이유로 오랫동안 가질 못했다. 그러다 보니 다락정이라는 존재를 잊고 있다가 20년 만에 다시 왔다. 예전에는 모두 앉은뱅이 상이었던 것 같은데 지금은 테이블로 바뀌었다. 천장에는 나무틀에 한지를 바른 문짝을 걸어놓아서 위를 올려다보면 한옥 방문의 고즈넉한 예스러움을 느끼게 해준다. 출입문 위의 커다란 북어도 가게의 대박을 기원하며 예쁘게 얹혀 있다.

다락정의 대표 메뉴는 만두전골이다. 혼자 만두를 먹으러 다니니 만두전골은 언감생심. 그런데 다른 데는 몰라도 다락정만은 꼭 그 만두전골, 옛날 맛을 느끼고 싶었다. 혹시 몰라서 김치만두전골 1인분 해주실 수 있냐고 물었더니, 사장님께서 흔쾌히 해주시겠단다. 야호! 꼭 명절이 아니어도 사시사철 전을 좋아하는 나는 내친김에 모둠전까지 주문했다.

기본 찬은 네 가지. 멸치볶음은 평소에 썩 좋아하는 반찬은 아니지만, 맛있게 짭조름해서 전골이 나오기 전까지 계속 손이 갔다. 어묵볶음은 어떻게 하면 저리 부드럽게 만들 수 있는지 궁금할 정도다. 한 번 데쳐서 볶으면 저런 부드러움을 살려낼 수 있을까? 마늘종이 들어간 것이 신의 한 수! 무생채는 이 집만큼 잘하는 곳이 기억나지 않는다. 거칠게 맵기만 한데다 간혹 생마늘이 씹히는 무생채를 내놓는 곳들이 많은데, 다락정 무생채는 그럴 수만 있다면 사 오고 싶을 정도였다. 마지막 찬은 가지런히 잘라서 내온 포기김치. 다소곳한 담음새만 봐도 남기면 안 되겠다는 생각이 들 정도다. 요 반찬 네 가지만으로도 밥 한 공기 뚝딱 먹을 수 있겠다 싶을 만큼 하나하나 훌륭하다.

반찬을 하나씩 음미하고 있으니 특별 주문한 만두전골 1인분이 나왔다. '아, 전골 아름답다!' 보자마자 든 생각이다.

특별 주문한 1인분짜리 만두전골.

'아, 전골 아름답다!' 보자마자 든 생각이다.

게다가 메뉴에도 없는 1인분 전골이라 만둣국 정도로 담겨 나오겠지 생각했는데, 넉넉한 전골 그릇에 담겨 나와 깜짝 놀랐다.

　여기서 잠시 찌개, 전골, 탕, 국의 차이를 한번 알아보자. 말이라는 것은, 특히 맞춤법이나 일상생활에서의 쓰임은 세월이 흐르면서 사람들이 쓰기 편리하게 변하기도 하고, 원래의 뜻과는 달리 많은 사람들이 쓰는 대로 새로운 뜻으로 바뀌어 굳어지기도 한다. 저 음식 이름들 역시 사전적인 뜻과 일상에서 쓰이는 뜻이 조금씩 달라지는 과정을 거친 듯하다. 먼저, 우리에게 가장 친숙한 이름인 찌개는 재료를 다 넣고 고추장, 된장, 새우젓 등등으로 양념해서 바특하게 끓여내는 음식이다. 그래서 국물이 걸쭉하다. 전골도 재료를 넣고 국물이 끓다 보면 걸쭉해지는 건 같지만, 휴대용 가스레인지나 작은 화로 같은 곳에 얹어서 상에 놓고 계속 끓이면서 먹는 점이 다르다. 탕은 찌개보다 국물의 양이 많고 대체로 맑은 편이다. 건더기와 국물의 비중 차이라고 한다. 그리고 상 위 각자 자리에 놓인 개인 국그릇에 미리 담겨 나온다. 국은 탕의 우리말이다. 탕을 보고 국의 존대어라고 한 글도 봤는데, 그저 한자를 쓰면 좀 있어 보이는 데서 비롯된 오해라 생각한다.

어렸을 때부터 명절 저녁이나 다음 날이면 칼칼한 김치에 남은 전을 넣고 끓여내는 찌개를 정말 좋아했다. 다락정의 만두전골이 바로 그렇다. 모둠전이 메뉴에 있으니 전골에 넣지 않을 리 없다. 하지만 전골에 들어간 것은 크기가 조그맣고 동그란 고기완자다. 전골에 들어 있는 김치만두 역시 추억의 맛 그대로다. 부드러운 칼칼함. 국물은 숟가락으로 떠먹는 것으로는 부족해서 국자로 호로록 퍼먹게 된다. 멍게랑 미더덕으로 맛을 낸 육수라고 하는데 그렇게 시원할 수가 없다.

모둠전도 일품이다. 동태전, 호박전, 고기완자. 어릴 때는 우리 엄마는 왜 별로 많이 먹지도 않는 호박전을 그렇게 만드나 했는데, 이것이 일품 재료라는 것을 안 지 얼마 되지 않는다. 살짝 익히면 달아지는 호박 맛을 이제 알게 되었으니 어른이 된 것일까. 이 호박전을 만두전골 칼칼한 국물에 흠뻑 적셔 먹으면 또 얼마나 기가 막힌지! 전골에 슥슥삭삭 밥 비벼 먹는 맛이 있다. 그리고 쫑쫑 썰린 돼지고기까지 풍미를

살짝 익히면 달아지는 호박 맛을 이제 알게 되었으니

어른이 된 것일까.

더하니 한 끼 든든한 식사가 되었다.

　내가 음식 사진을 이리저리 찍고 있으니 꽁지머리를 한, 음식 내주시는 분이 다가와서 슬쩍 말씀하신다.

　"맛있게 드시고, 소문 좀 여기저기 내주세요."

　음식점은 손님들에게 음식뿐 아니라 좋은 기운을 주는 중요한 곳이라고 생각한다. 그래서 주인 목소리가 너무 크거나 우울하게 가라앉아 있으면 음식이 아무리 맛있어도 그 식당에 다시 가고 싶지 않다. 아니, 신기하게도 손맛은 음식을 만드는 사람 그리고 내오는 사람의 마음을 백 퍼센트, 그 이상 반영한다. 이곳의 꽁지머리 아저씨는 아무리 생각해도 이 집의 주인이거나 가족일 것이라는 생각이 들었다.

　"아, 이곳은 91년에 가게를 시작했고요, 저는 이 집을 연 형님을 만나서 92년부터 합류해서 같이 일했습니다. 지금은 형님께 인수를 받았고요. 하하하! 죄송합니다. 제가 한곳에서 너무 오래 일했죠."

　역시 유쾌한 농담도 잊지 않으신다. 직원이었다가 사장님까지 된 입지전적인 인물이다! 나 또한 이 집에 1998년부터

다니기 시작했고, 심지어 임신했을 때 태교 음식으로도 먹었는데 중간에 잠시 뜸했다가 다시 오게 되었다고 말씀드렸다. 지금 만둣집 이야기를 책으로 쓰고 있는데, 추억 속의 다락정을 도저히 뺄 수 없어 다시 왔노라는 이야기도. 그랬더니 혹시 다락정이 소개가 되지 않아도 책이 나오면 꼭 연락 달라고 하신다.

다음번에는 만둣국과 녹두지짐을 먹어보려고 한다. 다락정. 변하지 않고 그대로 있어 주어서 너무 고맙다.

다락정

서울특별시 종로구 삼청로 131-1.
주차가 쉽지 않다. 굳이 차를 가져가야 한다면, 다락정 건너편 CU 편의점 골목 안의 공영 주차장을 이용하자.
매일 11:00~21:30.
추석과 설 연휴 기간 휴무.

혼술의 전당,
끝까지 지켜낼 그곳

　이곳을 처음 가본 것이 대략 7~8년 전이다. 그때는 밥집 혹은 막걸릿집으로 이곳을 찾았다. 긴장되고도 불편한 첫 자리였기에 정확히 기억한다. 아주 잠깐 출판사에서 일한 적이 있었는데, 당시 신간이 나와 출판사 사장님, 작가 선생님에 나까지 셋이 막걸리를 한잔하던 자리였다. 두 번째로 갔을 때는 점심으로 보쌈과 함께 밥을 한 끼 먹었던 것 같은데, 누구와 함께 갔는지는 기억이 나지 않는다. 낮술로 막걸리도 한잔했으려나.

'두리반'이 나의 뇌리에 딱 남게 된 것은 세 번째 방문 때였는데, 그때 두리반은 너무나 훌륭한 만둣집으로 나에게 자리매김하게 되었다. 그리고 또 한 번 찾았을 때는 과하지 않은 돈을 치르고 편하게 '혼술' 할 수 있는 곳으로 삼기로 했다. 아! '과하지 않은 돈'이라고 쓰긴 했지만, 마음이 몹시 켕긴다. 몇 년 전《시사인》에 실린 기사를 보면 이렇게 되어 있다.

> 두리반 사장 부부의 뇌리에는 밀가루 20kg 한 포대에 1만 6,000원 하던 때가 남아 있다. 지금은 2만 6,000원이다. 오른 물가에 맞추려면, 일하는 시간을 줄이려면, 버는 보람이 있으려면, 좀 쉬려면 음식 값이 올라야 한다. 칼국수 한 그릇 이문이 맥주 한 병을 파는 것보다 박한 세상이다.
>
> 《시사인》 2018년 12월 18일)

오늘은 여하튼 만둣집 두리반으로 출발해본다.

두리반이 지금의 자리로 이사를 오게 된 데에는 사연이 있다. '제2의 용산'으로 알려진, 바로 '두리반 철거 투쟁'을 통해 지켜낸 곳이다. 지금은 롯데시네마가 들어선 홍대입구역에서 얼마 떨어지지 않은 곳에서 장사를 했다. 그런데 사건이 터진다. 지금은 개통되어 잘도 다니고 있는 경의선 홍대입구역 공사를 해야 한다며 2009년 건설사와 시공사가 두리반에 이사 비용 300만 원을 줄 테니 나가라고 했단다. 자, 여기는 홍대 상권이다. 두리반의 주인 내외 유채원, 안종녀 씨도 권리금만 1억 3,000만 원을 들여서 온 곳이었단다. 그렇다면 가게를 여는 데 거의 2억 원이 넘는 돈을 들였을 터인데, 뭐라? 300만 원?

2009년 12월 24일 크리스마스이브, 결국 용역업체에 의해 쫓겨나버렸다. 그때의 심정이 어땠을지. 그렇게 하루이틀 지나 12월 26일, 남들이야 연말연시 즐거움에 들떠 있을 때 안종녀 씨가 용역업체가 세운 펜스를 뚫고 들어갔다. 죽어도 여기서 죽겠다며. 두리반의 투쟁은 그렇게 시작되었다. 같은 처지의 철거민들과 문화예술가들의 연대 속에, 그리고 지난한 투쟁 끝에 결국 재개발 업체로부터 '상식적인 수준'의 보상을 받는 데 성공했고, 2011년 12월 1일, 지금의 자리에 다시 두리반을 열었다. 참 겨울과 연이 깊은 가게다.

두리반에 오면 홍대의 문화 소식이나 대자본의 횡포에 대

항한 투쟁 소식들을 흘끗흘끗 접할 수 있다. 밥집에 '투쟁'이라는 단어가 붙었지만, 전혀 부담스럽지 않다. 이렇게 아늑한 불빛 속에서 어떻게 편안하지 않을 수 있을까. 한쪽 벽에 빼곡하게 붙여진 포스트잇의 응원 메시지를 읽는 재미도 쏠쏠하다. 홀에서 서빙을 하는 소설가 남편 유채원 씨의 평온한 인상과 느릿한 말투가 그 편안함을 배가시켜준다. 그런데 요즘도 소설을 쓰시는지 모르겠다. 두리반의 영업시간이 짧지 않으니 말이다. 오전 11시에 시작해 밤 10시에 끝난다. 이곳을 혼술 하기 좋은 집이라 여기는 나는 오후 5~6시부터 자정까지 영업하며 음식의 단가를 올리는 게 낫지 않을까 생각해봤지만, 혼밥을 하러 온 젊은 손님들에게 밥상을 차려주시는 모습을 보면 아, 천상 밥집이다, 밥집. 손님에게 한 끼 내주는 모습이 정성을 넘어 경건하기까지 해, 한참을 바라보고 있던 기억이 난다.

　혼자 갔으니 무얼 먹을까. 두리반에는 혼자 가서 술 한잔 해도 좋을 메뉴들이 기다리고 있다. 무엇보다 냉면에 보쌈 네 조각 세트도 마음 뿌듯하고, 만두 또한 엄청 커다란 왕만두인지라 부담스럽지 않게 맛볼 수 있도록 1/2판이 마련되어 있다는 사실. 주인아저씨가 직접 밝힌 두리반의 대표 주자는 보쌈, 칼국수 그리고 만두. 나는 유기농 채소 비빔밥과 만두 1/2판을 주문했다. 술을 한잔하고 싶었는데, 소주에 만두와 채소라면 이거, 근사하지!

술을 원래 즐기긴 했지만, 혼술을 좋아하게 된 특별하지는 않은 연유가 있다. 2014년도에 둘째 아들, 만두가 태어났는데, 아니 이 녀석은 너무너무 키우기가 힘들었다. 낯도 가리고, 예민하고, 너무 무겁고, 밖으로 뻗대서 안는 것조차 힘들었다. 다른 이들과 밖에서 밥이라도 한 끼 먹으려면, 아이를 누군가에게 맡기고 나가야 한다. 위의 아이들 키울 때는 배짱 좋게 휭하니 나갔다가 술 한잔 거하게 마시고 바람처럼 집으로 돌아올 수 있었다.

그러나 만두 녀석이 태어나고 상황은 급변. 이 녀석은 엄마와 아빠, 그리고 어린이집 선생님 정도를 제외하고는 낯을 심하게 가려 누구에게 맡길 수가 없었다. 특히 밤에 잠을 끔찍하게도 안 자고 자정이 넘어서까지 신나는 놀이 시간이 이어졌다. 그러다 보니 저녁 시간에는 술의 힘이 필요했다. 술 한잔을 마시면, 분명히 나는 아이를 보고 있는데도 시간이 날아가는 느낌이 든다(아기를 키우는 많은 엄마, 아빠들이 이것이 무슨 느낌인지 아실 것이다).

결국 그것이 우리 집을 '혼술의 전당'으로 만들어버린 계기가 되었다. 특히 아이의 세 살 무렵은 돌아가고 싶지 않은 지옥의 나날들이었다. 나중에서야 자폐 성향을 지닌 아이들이 원활한 수면에 어려움이 있다는 것을 알게 되었다. 그 폭풍 양육의 세월을 거치면서 남은 것은 나의 '혼술 지향적' 생활방식과 '언제 어디서도 외롭지 않아' 증후군. 혼자 술 마시는 것이 훨씬 편하다. 외부 약속도 꼭 만나야 할 이들, 정말 보고 싶은 사람들 아니면 잡지 않는다. 그래서 가끔 이렇게 훌쩍 나와서 수행하는, 나만의 종교적 의식과 같은 시간이 너무나 소중하다.

두리반의 기본 찬은 세 가지다. 상추·부추 겉절이, 깍두기 그리고 숙주나물. 주인장이 직접 담그고 무친 김치와 나물은 그것만으로도 훌륭한 안주가 된다. 김치 맛있는 집이라면 다른 음식 안 봐도 솜씨를 가늠할 수 있는데, 두리반의 밑반찬들은 조연의 역할을 제대로 해낸다. 깔끔하면서도 또 '과하게

마치 중국 빵 빚듯 만두피가 아래위로 소를 감싸 묶은 듯한 두리반의 만두.

소에 가득한 부추의 식감이 신선하고 아삭하다.

맛있어서' 주연의 무대를 해치는 일이 없는, 그런 겸손한 맛 말이다.

비빔밥 등장. 큰 그릇에 밥과 나물이 함께 담겨 나오는 것이 아니라 밥을 따로 공기에 담아주니 양을 조절할 수 있다. 게다가 비빔밥에 '달걀프라이' 없으면 섭섭하다. 집에서도 실컷 먹을 수 있지만 이리 식당에서 한 장 부쳐서 밥 위에 얹어주면 그게 그렇게 신나고 고맙다. 500원 받고 판다고 해도 1,000원 주고 두 장 사 먹을 정도다.

스페셜 주인공인 만두도 나왔다. 처음에 보았을 때는 굴림만두인 줄 알았다. 피가 너무 얇아서 말이다. 굴림만두는 따로 피를 반죽하고 늘려서 보자기로 싸듯이 소를 싸서 만드는 것이 아니고, 만두소를 둥글둥글하게 빚고 밀가루에 '굴려서' 삶아 만든다. 그래서 굴림만두라고 한다. 만두만 전문으로 해서 종일 만두만 빚어 손님들에게 내는 가게도 소 담당, 피 담당 나누어서 분업하는 곳이 많은데, 조리법이 확연히 다른 여러 메뉴를 꾸리면서 부부 두 사람이 오롯이 만두까지 빚어서 찌기는 쉽지 않을 것이다. 그렇지만 이 집 만두 맛에 빈 구석은 없다.

한 입 베어 물면 입 안 가득 넘치는 부추의 식감이 그 어떤 만두보다 아삭하다. 귀에 아삭아삭 소리가 들리는 듯하다. 안에 양파가 들었는지 단맛도 풍미를 더 한다. 보기에도 얼마나 좋은지, 내 사진 솜씨가 형편없는 것이 안타까울 뿐이다. 어떻게 이렇게 피를 얇게 밀 수 있는지 궁금했다.

피에 소를 올리고, 세 번 감아 소를 싸요. 피가 잘 늘어나도록 반죽은 조금 질게 해서, 방망이로 밀어서 펴요. 송편 빚듯 만두를 빚다가 도저히 시간과 개수를 맞출 수 없어서 피 반죽 밀기, 소 감싸기 기술을 터득했어요. 이 재미가 주방의 재미죠.

그 많은 메뉴에 점심, 저녁 장사를 매일 이어가는 게 역시 쉬운 일은 아니었나 보다. 일반적인 방식으로 만두를 모양 내 빚어서는 도저히 주문을 감당할 수 없는 게 음식 솜씨 좋은 안주인 안종녀 씨로서도 고민이었다고 한다. 그는 종로 일대를 다니면서 만두 빚는 법을 배웠다. 아무래도 숨은 고수들이 운영하는 오래된 중국집들이 많은 종로 일대가 만두 스승을 만나기에 좋은 지역 아니었을까 짐작해본다.

그런 과정을 거쳐 지금처럼 소를 넉넉히 두고 피를 한 번, 두 번, 세 번 감아서 마는 중국식 만두 빚는 방식으로 정착했다고 한다. 두리반의 만두를 실제로 보면 만두소를 보자기처럼 아래에서 싸서 위로 올리는 모양새가 아닌, 마치 중국 빵 빚듯 만두피가 아래위로 소를 감싸 묶은 듯한 모습이다.

안종녀 씨의 만두는 치열한 탐구 정신의 결과물이다.

이 자리 오기 전, 15년 전 동교동에 있을 때부터 만두는 만들었죠. 점심 장사를 마치고 오후 장사 하려고 만두를 빚었는데, 용역 깡패들이 그냥 들이닥쳐서 그 생만두를 하얀 눈 바닥에 패대기쳤어요. 눈 내려 하얗게 된 바닥에 하얀 만두가 그냥 쏟아져 있는데…… 이게 참, 이 만두가 그 슬픔이 어린 만두예요.

홀에서 손님을 맞이하시던 바깥주인 유채원 씨의 느릿느릿한 말씀이다. 평소 조용하던 주인아저씨가 '슬픔이 어린 만두' 이야기를 하실 때는 목소리가 조금 높아진다.

그 만두 두 덩이, 지금도 당장 달려가서 먹고 싶다. 얇은 피로 감싼 만두에 홀딱 빠져 있는 내 식성 때문이기도 하지만, 호젓이 혼술을 한잔하고 싶어서 말이다. 몇몇, 비밀의 화원과도 같은 나만의 혼술 아지트를 심어놓는 것은 흐뭇한 일이다. 그러나 누가 뭐라 해도 두리반은 내게 '만둣집'이다.

혼술의 전당, 나의 만둣집.

두리반

....

서울특별시 마포구 양화로16길 14.
홍대입구역 3번 출구에서 나와 내려오다가 메리골드 호텔이 보이면 우회전 그리고 첫번째 골목길에서 좌회전해서 가면 어렵지 않게 두리반을 만날 수 있다.
매일 11:00~22:00.
첫째 주 일요일 휴무.

고향에서 만나는
명품 손만두

내 고향은 수유리다. 세 살 때부터 스물다섯 살까지 한동네에서 자랐다. 눈 뜨고 있어도 코 베어 간다는 서울 사람이지만, 그래도 자칭 '강북 촌년'이다. 조선시대까지 수유리는 경기도 양주군에 속했다고 한다. 그렇게 서울의 변두리에 있는 동네다. 오죽하면 '수유동'보다 '수유리'가 전 국민의 입에 익었을까. 택시를 타면 "수유리 갑시다." 하던, 젊었던 아버지의 목소리가 아직도 생생하다.

내가 대학교 다닐 무렵, 아버지 사업은 내리막을 탔고 빚만지고 문을 닫게 되었다. 결국 우리 가족은 부모님은 경기도 남양주로, 나는 학교 앞 자취방으로, 동생은 학교 기숙사로 들어가 흩어져 살게 되었다. 우리가 오래오래 살던 수유리 집은, 서울 아시안 게임 개최한다고 온 국민이 들떠 있던 1986년, 부모님이 공들여 직접 지어 완성한 집이었다. 이 귀한 집에서 떠밀리듯이 떠나야 했던 날 이삿짐 챙기던 어머니의 멍한 표정을 잊을 수 없다.

오랜만에 우리 동네, 그 집을 찾았다. 한 10년 만인 듯했다. 가끔 나 살던 벽돌집이 꿈에 나타나면 훌쩍 이곳에 와보곤 했는데, 지난 10년 정도는 잊고 살았나 보다. 대문 앞에 서서 "어엄마~ 문 열어~ 주세요오오오~"를 외치면 덜컹! 하고 열릴 것 같은 우리 집. 담벼락에 서서 까치발로 안을 들여다보면 보이는 저 문도 30년이 넘게 그대로다. 이 집 지을 때 달았던 현관문인데, 여전히 관리가 잘되어 있다. 다행이다. 그런데 보면 볼수록 드는 생각.

'이 집 우리 집인데……'

지금 누가 살고 계신지는 몰라도, 집주인께 염치 불고하고 이런 생각이 드는 것은 어쩔 수 없었다. 나의 어린 시절 추억을 온통 뒤덮고 있는 우리 집, 나에겐 '우리 집'이었으니까. 우리 둘만의 은밀한 비밀, 남자친구가 새벽에 몰래 타고 내려갔던, 달이 밝았던 그날을 알고도 묵묵히 입 다물어준 2층 방 앞의 키 큰 나무도 그대로다.

수유리에 온 김에 이 동네에 맛있는 만둣국집이 있나 살펴보았다. 그렇게 찾은 보물 같은 집, '예와손만두'다. 놀랍게도, 이 가게는 옛 우리 집에서 걸어서 딱 10분 거리에 있다. 어쩜 이럴 수가 있지? 내가 수유리에서 산 세월이 몇 년인데, 어떻게 이 만둣집을 전혀 몰랐을까? 이 집의 원래 이름이 '두메손국수'라고 하는데, 그래도 전혀 기억나지 않았다. 하긴 어린 시절 외식의 결정권은 무조건 부모님께 있는 터라, 집안 살림 중 주로 요리를 담당하는 엄마가 만둣국을 싫어하거나 안 먹었다면 아이들까지도 먹을 도리가 없었을 것이다.

두근대는 마음으로 가게로 들어갔다. 점심을 훌쩍 넘긴 시간이어서 그런지 가게에는 손님이 나밖에 없었다. 홀 안쪽에 따로 방이 있어서 구석 자리를 골라 앉았다. 해가 가면 갈수록 자꾸 구석에 몸을 맡기게 된다. 음식점에 가면 늘 양념통을 보는데, 이 집도 양념통이 깨끗하고 광이 나 안심이 된다.

사장님은 딱 보니 내 또래 정도일 듯하다. 만둣집이 40년 가까운 전통을 지닌 것에 비하면 사장님이 젊다는 생각이 들었던지라, 언제부터 운영을 맡았는지 여쭤봤다. 외숙모님이 처음 이 집을 여셨을 때부터 일을 배우다가, 돌아가신 후 맡아서 지금까지 이끌고 있다고 한다.

만둣국을 주문했다. 국물은 뽀얀 사골 육수. 한우 사골 칼국수도 메뉴에 마련되어 있다. 한우 아롱사태로 삶은 수육 메뉴도 있는데, 저녁 시간에는 수육 안주에 술 한잔하는 손님도 있을 듯.

사실 여기 오기 전에 수유리의 다른 만둣집에서 이미 맛있는 김치찐만두를 시식하고 왔기에 과연 다 먹을 수 있을지 자신이 없었는데, 사기그릇에 담겨 나온 김 모락모락 오르는 탐스러운 만둣국을 보니 전투력이 상승했다. 여느 만둣국보다도 힘찬 고명의 기개가 먼저 눈에 들어온다. 노른자 지단과 김도 풍성했지만 나머지는 무엇일지 궁금했다. 설마 전복을 썰어놓은 건가 싶어서 냉큼 숟가락으로 떠서 자세히 보았다. 먹어보니 싱싱한 버섯이다.

두텁고 고급스러운 사기그릇에 속이 꽉 차 탐스러운 만두 다섯 개가 담겨 나왔다.
고명을 이리 풍성하게 올린 만둣국은 처음이다.

이곳의 만두는 무척 단단하다. 김치만두는 없고 고기만두 한 종류인데, 속이 꽉 찼다. 얼마나 단단하게 꼭꼭 뭉쳤는지 만두를 국물 안에서 반으로 갈라도 흩어지지 않을 정도다. 이렇게 작지 않은 크기의 만두 다섯 개가 한 그릇에 들어가 있다. 꽉 찬 속 덕분에 두어 개만 먹어도 속이 든든하다. 사골 국물은 무척 진하고 깔끔하다. 어떤 분들은 사골 국물에서 꼬리꼬리한 냄새가 나는 것을 좋아한다. 특히 어르신들이 그런 거친 맛을 좋아하는데, 이 집의 사골 국물은 깔끔 그 자체! "거치른 벌판으로 달려가"는 진한 국물은 고깃국밥이나 순댓국밥에 양보해주시길.

이곳에서 인상적이었던 점 중 하나가 바로 만둣국을 담고 있는 두텁고 고급스러운 사기그릇이었다. 만두를 담아낸 그릇이 두꺼워서 음식이 쉬이 식지 않는 점도 좋았지만, 이렇게 반찬 그릇과 종지까지 통일해서 고급스러운 차림새 덕분에 대접받는 느낌의 한 끼 식사가 되었다. 혼자 먹을 때는 그저 바쁘다고 김밥 쥐어 먹고, 스티로폼 도시락에 찐만두 사 와서 대충 먹고 때우는 일이 잦은데, 이렇게 제대로 한 상 차려주는 곳에 오면 기분이 무척 좋다.

이곳의 만둣국에는 자그마한 밥그릇에 조밥이 조금 곁들여져 나온다. 이 밥에 김치만 얹어 먹어도 맛있는데, 특히 이 집의 고추지 맛은 일품! 주인께서 테이블로 다가오셔서 간장을 부어서 찍어 먹으면 맛있다며 힘주어 설명까지 해주셨다.

가끔 가게에서 손수 고추지를 담가 다져 내주는 만둣국집, 칼국숫집이 있는데, 이게 무척 반갑다. 고추지를 고추장아찌라고도 부른다. 첫서리 전에 딴, 익지 않아 파랗고 힘센(?) 풋고추를 소금물에 담가 몇 달 삭히면 색깔이 노랗게 흐려진다. 잘 담근 고추지는 식감은 아삭하고 매운맛은 깔끔해 순댓국이나 칼국수 먹을 때 버릇처럼 김칫국물을 풀어 섞어 얼큰하게 만들어 드시는 분들께 추천한다. 고추지 다진 것을 간장에 섞어서 찍어 먹어도 좋고, 아예 국 위에 잔뜩 얹어서 섞어 먹는 것도 방법이다. 글을 쓰고 있는 지금도 입에 침이 고인다. 오후 3시가 넘었으니 배가 고플 때도 되었다.

맛있게 한 그릇 비우고 나가는 길, 계산을 하는데 사장님도 그렇고 주방에서 일 도와주시는 아주머니도 그렇고 얼굴이 눈에 익다. 한참을 안에서 일하다가 손님이 없으니 나와서 종이컵에 믹스커피 한 잔 타서 앉아 있는 모습, 익숙하다. 어디서 많이 봤는데 하고 그냥 뒤돌 수가 없어서 "혹시 인수국민학교 나오셨어요?" 하고 물어보려다가 '그래 이 동네에서 오래 사신 분들이겠지. 그래서 어린 시절 오며 가며 지나쳤겠지!' 싶은 생각에 관두었다. 그런데 신기하게도 지금 이 글을 쓰면서 떠올랐다. 이름은 기억나지 않지만, 어려서 단발머리였던 6학년 6반 친구였다. 3반이었나? 여전히 가늘지 않은 목소리에, 웃으면서 이마를 찡그리는 버릇은 여전하구나.

　이렇게 하루, 만둣국과 함께 묘한 추억 여행을 하고 돌아왔다. 기억이 돌고, 또 돌고……. 고향에 가면 가끔 이렇게 뜻하지 않게 놀라운 조우를 하게 된다. 아니 그 동네로 갈 때부터 이미 이런 만남을 기대했던 건지도 모른다. 골목에서 내가 어려서 좋아했던 오빠를 마주친다든지…….

예와손만두

서울특별시 강북구 4.19로 40-8.
차를 가지고 간다면 옆 카페 자리에 대면 안 된다. 4.19 탑 주차장에 세우고 슬슬 내려오시길.
매일 11:00~20:30.
일요일 휴무.

세월이 지나도 늙지 않고 그대로,
마법의 주인 부부

우리 동네 시장 골목 만둣집! '만두박사'라는 곳이다. 만두를 좋아하는 나는 냉면을 먹어도 만두를 빼놓지 않고 먹고, 막국숫집을 가도 만두를 시킨다. 그런데 얼마 전 동네에 본격 만두 전문집이 생긴 것이다. 감격!

서글서글 호탕한 주인아주머니 말씀이 주인아저씨는 35년 넘게 만두를 빚으셨단다. 그런데 사람들이 자꾸 거기에 아저씨 아주머니 나이를 대입해 계산하는 바람에 그냥 30년으로 끊으셨단다.

경력 30년 박영식 아저씨의 만두는 정말 맛있다. 안 익은 생김치에 양파를 송송 넣고 한석봉 어머님의 솜씨로 눈 감고도 김치만두를 빚으실 것이다. 난 김치만두는 신 김치로 만드는 줄 알았는데, 주인아주머니는 만두 두 개를 더 얹어주시며 "어우~생김치를 넣어야지." 하신다.

돼지고기와 부추가 가득한 고기만두도 담백하기 그지없다. 어떤 손님은 식은 만두도 가져간단다. 라면에 넣어 먹거나 기름기가 없어 찬 만두 그대로 먹는 마니아가 있다고.

9년 전 2013년 10월 18일, 만두박사에 다녀온 뒤 SNS에 올린 글이다. 다른 곳에서 30년 만둣집을 운영했던 주인장 부부가 우리 동네 먹골역 근처 도깨비시장에 들어와 막 만둣집을 연 때였다.

만두박사는 여전히 먹골역 도깨비시장통 초입을 지키고 있다. 주인아저씨 박영식 이름 석 자 옆에 가게 이름을 낙관처럼 찍은 간판 또한 건재하다.

요즘은 비비고 만두나 풀무원 만두처럼 대기업에서 만든 시판 만두의 맛이나 질이 동네 만둣집을 따라잡아 발길이 뜸했지만, 그래도 이곳은 지난 9년간 나의 단골집이었다. 특히 주인아주머니의 괄괄한 목소리와 넉넉한 손은 참새방앗간처럼 이곳을 그냥 지나가지 못하게 만든다. 시장통에 있으니 이쪽저쪽 얘기 다 이곳으로 들려올 터. 사통팔달 별별 소식 다 꿰고 있는 아주머니의 '썰'은 꼭 "여기 만두 두 개 더 넣었어!"로 마무리된다. 그리고 활짝 웃으며 포장한 만두를 건네주시곤 했다.

오늘은 칼칼한 만둣국이 먹고 싶어서 찾았다. 항상 "김치만두, 고기만두 싸주세요." 해서 집으로 가져와 먹기 바빴지만, 이제는 만둣집을 돌며 책을 쓰는 마당이라 자리 잡고 앉아서 먹어볼 심산이었다.

"뭐 드려?"

"만둣국 주세요."

"처음이네, 여기서 먹고 가는 거. 웬일이야?"

아주머니는 나를 아주 좋게 기억해주시는데, 도깨비시장에 가게를 열고 나서 처음으로 가게 이야기를 '컴퓨터'에 올려준 사람이 나였단다. 그 뒤로 여기저기에서 사람들이 많이 만둣집 '선전'을 해줘서 아주 신나셨다고.

———

아, 소주를 파는 만둣집이라니! 8년 동안 단골이면서도

가게 안으로 들어와 제대로 둘러본 것이 처음이라 이제야 알았다.

2013년은 본격적으로 글을 쓰고 싶어서 직장을 그만두고, 어떻게 하면 글을 쓸 수 있는지 여기저기 알아보러 다니던 때였다. 출판사 편집자 과정도 듣고, 저널 쓰기 교실도 가보고, 푸드라이터 과정도 들어봤다. '글 쓰는 사람'이 되고 싶어 들인 비용도 적지 않았다. 이 만둣집에 처음 왔던 날도 한창 푸드라이터가 되고 싶어서 몸부림치던 때였다. 그래서 홈쇼핑인가에서 덜컥 시원찮은 카메라를 한 대 사서 이곳저곳 다니면서 먹은 것에 대한 기록을 남기곤 했는데, 그중 한 곳이 바로 이 만두박사였다. 아줌마는 내가 무슨 대단한 작가인 줄 아셨고, 나중에는 그게 창피해서 한동안 피해 다니기도 했다.

이 집을 안 이래 처음으로 가게 안으로 들어와 테이블에 자리 잡고 앉았더니 또 아주머니의 이야기보따리가 펼쳐졌다. 만둣국을 기다리면서 메뉴판 옆을 힐끔 보니 아, 소주를 파는 만둣집이라니! 8년 동안 단골이면서도 가게 안으로 들어와 제대로 둘러본 것이 처음이라 이제야 알았다. 뭐 하나 흐트러짐 없이 말끔한 가게는 아니지만, 왠지 이런 곳이 좋다. 아주 편하다.

해장으로는 그만일 정도로 시원 칼칼한 만둣국. 숟가락으로 국물을 뜰 때마다

호박, 양파, 파 같은 채소가 넉넉히 올라오니 마음까지 넉넉해진다.

주인 내외에게는 아들 삼 형제가 있다. 앉은 김에 형제들의 안부를 물었다. 묻고 나서 아차 싶었다. 사람 일이 어떻게 될지 몰라서 그렇다. "누구누구 잘 있죠?"라고 지나가는 말로 묻는 것이 듣는 이에게는 상처가 될 때가 있다. 몇 해 전 누군가에게 아무렇지도 않게 안부를 물었는데, 갑자기 머뭇거리며 "걔 잘못됐어."라는 대답을 들은 뒤로는 함부로 안부 묻지 말기로 결심을 했다. 그런데 또 오늘, 주책을 부린 것이다.

"어, 큰애는 이번 4월에 결혼하고, 아, 그런데 코로나19 때문에 큰일이네. 그리고 둘째는 공무원 되어가지고 지금 출근하고. 막내가 벌써 군대 제대해. 하하하! 세월 빨러, 어? 시간 진짜 빨리 가네."

아주머니의 유쾌한 대답, 마음이 놓인다.

메뉴판을 둘러봤다. 가격이 하나도 안 올랐다. 김치만두, 고기만두가 한 접시에 10개씩 나오는데, 아직도 3,000원이면 한 개에 300원? 박리다매도 정도가 있을 텐데 하는 걱정이 들지만, 36년 만둣집 경영에 내가 보탤 말이 있을 리가. 아저씨는 하루 종일 조용히 만두만 빚고, 주방에 들어가서는 만둣국, 칼국수를 끓여낸다. 목소리 크고 활달한 아주머니에 비해 아저씨는 평소 조용하셔서 밖으로 드러내는 성격이 아닌 줄로만 알았는데, 그동안 내가 잘못 알았던 듯. 만둣국 먹는 내내 아주머니 못지않은 입담을 자랑하는 아저씨의 이야기를 듣는 것도 별미였다.

먼저 만둣국 이야기부터 해야겠다. 국물은 멸치 육수로 잡았는데, 시원한 후추 맛이 강했다. 보통 후추 맛이 강하다는 것은 부정적으로 쓰는 말인데, 이 만둣국에는 '해당 사항 없음'이다. 워낙 후추를 좋아하기도 하고, 이 국물은 해장으로는 그만일 정도로 시원 칼칼했다. 주문 받은 후 미리 잡아놓은 육수를 떠서 한 냄비씩 끓이는 걸 보면, 맵기는 충분히 조절할 수 있을 듯하다. 그리고 숟가락으로 한 번 국물을 뜰 때마다 호박, 양파, 파 같은 채소가 넉넉히 올라오니 마음까지 넉넉해진다. 딸내미는 내가 국이나 찌개를 끓일 때마다 채소를 잔뜩 넣는 것을 '너무 건강한 맛'이라고 놀리지만 말이다.

폭신하게 줄알 친 달걀에 고명으로 올려진 김가루도 맛깔스럽다. 무엇보다 이 집 만두 맛을 알기 때문에 '맛있게 먹겠습니다!'를 속으로 외치고, 먹기 시작했다. 아주머니는 냉장고에서 비닐 한 봉지를 꺼내서 스윽 옆으로 오더니 이렇게 설명하신다. "그동안 가져간 만두랑 여기 국에 들어간 만두는 달러. 이거 봐. 이건 국거리 만두라 속이 쌩 거예요. 그냥 겉에 만두피만 살짝 찐 상태야. 그리고 저 밖에서 파는 건 속까지 다 익힌 거지. 그래서 내가 명절에 만둣국용 만두를 따로 파는 거예요. 이거 그냥 쪄 먹어도 좋고, 라면에 넣어 먹으면 끝내줘!"

찐만두용 고기만두는 만둣국용 만두와 모양이 비슷하다. '뒷짐만두'라고 해서 반달 모양으로 빚은 후 뒷짐을 지듯이 동그랗게 오므린 것이다. 김치만두는 만두피에 소를 얹고, 기다란 럭비공 모양으로 빚어냈다. 집에서 만드는 김치만두는 한겨울 김장김치를 꺼내거나 혹은 묵은지를 살살 씻어 썰어 내 소로 만드는데, 아주머니는 당연히! 김치만두는 생김치로 만들어야 아삭거리고 맛있다고 하신다. 아무리 생각해봐도 생김치로 만두를 만드는 것이 상상이 가지 않는데, 맛을 보면 푹 익은 신맛은 아니고 적당히 익은 김치 맛이 난다.

'만두 30년'이라는 간판을 걸고 묵동에 들어온 지 어언 9년, 아저씨만의 만둣집 역사가 40년 가까이 접어들었다.

아저씨의 고향은 전남 함평인데, 어려서부터 운동을 잘해서 광주로 야구 유학을 가셨더란다. 그때는 매일이 '빠따'로 두들겨 맞는 일상. 하루도 안 빠지고 야구 배트로 구타를 당했는데, 하루는 아저씨가 포수 사인을 잘 못 알아먹고 엉뚱한 공을 던지는 바람에 시합에서 졌단다. 당연히 빠따 감. 엎드려뻗쳐를 한 채 200대를 내리 맞고는 꼬리뼈가 부서지는 바람에 '선수 생활, 이거 도저히 모더겄다.' 생각하고 그길로 짐 싸서 서울로 도망가 숨어버렸다고 한다. 그때가 1975년. 아저씨 나이 스무 살도 안 되었을 때 일이다.

서울로 올라오니 어디 한 군데 세끼 배불리 주는 데가 없더란다. 당시 명동, 시청 일대의 만둣집들은 주인장이 거의 중국 사람이었는데, 그중 한 집에 들어가 청소하고 심부름하면서 일을 배우기 시작했다고 한다. 운동을 하던 몸이라 체력도 좋고 끈기가 있어서 6개월 만에 만두 빚는 것을 다 익혔다고. 지금도 음식점은 주방에서 칼 쓰고 불 쓰는 이들의 심사가 좌우하는 업계다. 옛날은 오죽했을까. 아저씨가 일하던 만둣집에서도 일주일에 한 번씩은 수틀리는 일이 있었든 술을 많이 마셨든 간에 주방장이 말도 안 하고 결근하는 날이 있었다. 그런 날이면 사장은 툴툴대며 주방장 욕을 하면서도 장사를 해야 하니 대타를 구했는데, 바로 그렇게 주방장이 빈 날, 박영식 아저씨가 구원투수로 등판하신다! 사장은 아저씨의 야무진 손끝을 인정하고 각종 분야의 유명한 만둣집으로 만두 연수를 보내주었고 찐만두는 물론 물만두, 군만두까지 마스터하게 되었다고 한다.

"제가 어깨너머로 배운 만두가 아녀유. 그게 다 지대로 배운 거요."

이렇게 만두계에 드라마틱하게 데뷔한 아저씨는 그때부터 지금까지 쉬지 않고 만두를 빚으며, 당신 이름 건 만둣집까지 내고 자식 셋 잘 키워내셨다. 이만한 성공담이 어디 있을까.

마스크를 단단히 쓴 손님들이 끊임없이 만두를 사 간다. 만두박사는 코로나19 사태에 전혀 영향을 받지 않았다고 한다. 단골 장사였던지라 외지로 이사 간 손님들도 만두 사러 꼭 들른다고 하니, 매출에는 별 차이가 없었던 듯하다. 포장해서 가져가는 만두가 매출의 큰 부분을 차지하는 것도 흔들림이 없었던 이유 중 하나일 듯.

아저씨는 "죽을 때까지, 나 하고 싶을 때까지 일하면서 살

수 있는 길은 오로지 '기술'"이라면서, "여기서 한 10년은 더 만두를 만들 수 있을 것 같다."고 하신다. 아주머니도 덩달아 "내 친구들 신랑은 벌써 다 일손 놓고 집에서 눈칫밥 얻어먹고 산다."며, 아저씨의 장담을 거든다. 그러면서 아저씨를 쳐다보는 눈빛이 반짝이는 것처럼 보이는 것은 내 기분 탓일까.

만두박사

서울특별시 중랑구 공릉로 66-1.
7호선 먹골역 1번 출구로 나와 위로 걸어가다 보면, 묵동 도깨비시장이 오른편으로 나온다. GS 편의점 오른쪽으로 꺾어 들어가면 만두박사를 만날 수 있다.
매일 10:30~22:00. 시간은 이렇게 정해져 있지만, 지나갈 때마다 열려 있었다.
연중 무휴.

조용한 모자(母子)가 빚어내는,
소리 없이 강한 만두

    토요일 아침, 노트에 적혀 있는 만둣집 목록 중 한 곳을 가
볼까 하고 서두르다 이내 마음이 복잡해진다. 코로나19 시국
에 빨빨대고 다니는 것도 마뜩잖다는 생각이 들어서 말이다.
지금 내가 할 수 있는 일은 마스크 잘 쓰고, 손 깨끗이 씻고,
사람 있는 데 가서 한 사람 더 늘리는 데 일조하지 않는 것이
겠건만, 혹시라도 손님이 없어 천근만근 마음이 무거울 만둣
집 사장님들 생각하면 조심하면서 한 끼라도 더 사 먹어야지
하는 결의도 하게 된다.

밤새 부스럭대며 뭔가 한 것 같은데도 아침에 눈이 말똥말똥해져 있는 딸내미를 채비시켜 마스크 단단히 쓰고 집을 나섰다. 우리 집과 멀지 않은 곳에 있는 광장동 '꼼수없는착한만두'가 목적지다. 11시 오픈이라고 하는데, 아침에 빈둥빈둥 씻고, 설거지하고, 청소기 한 번 돌리고 출발하니 딱 11시에 도착했다. 우리가 첫 번째 손님.

삼십 대 정도로 보이는 청년과 중년의 아주머니께서 우리를 맞는다. 두 분 생김새가 닮은 것이 아들과 어머니 같다. 궁금해진다. 저 아드님이 가업을 물려받아서 하는 걸까? 만둣집은 언제부터 시작한 것일까? 이것저것 물어보고 싶은데, 처음 본 손님에게 미주알고주알 털어놓을 리 만무할뿐더러 앞에 앉은 딸내미가 엄마 제발 조용히 만두만 먹어달라고 눈치코치를 준다. 엄마가 목소리 큰 것이 싫고 창피할 때, 사춘기다.

'꼼수 없이 착하게 만든다'는 주인장의 자부심이 담긴 만두는 어떤 맛일까? 딸은 이미 아침에 지난밤 배달시켜 먹고 남은 곱창볶음을 두둑하게 먹고 온 길이다. 결정적으로 딸은 만두를 좋아하지 않는다. 태어나면서부터 엄마 입맛에 따라 음식을 먹었는데도, 식성은 나와 몹시 다르다. 처음에는 아가 입맛이라 그러려니 생각했는데, 원인은 바쁜 엄마의 패스트푸드 식단 때문임이 자라면서 드러났다. 바쁠 때마다 김밥집 들러 한 줄 두 줄씩 사서 시금치, 당근 빼고(애들이 다 골라서 뱉어버리니까) 입에 욱여넣어 한 끼 채우거나 냉장고에 쟁여두었던 냉동만두를 꺼내 삶아주곤 했는데, 그게 그렇게 질렸나 보다. 아이의 입맛을 좌우해버리는 결정타가 되고 말았다.

손글씨로 쓴 정겨운 안내문이 붙어 있다. "고기만두를 기본으로, 김치만두를 원하시면 주문 시 말씀해주세요."

고기만두가 기본으로 나간다는 말은 "만두 하나 주세요!" 하면 찐만두나 만둣국에는 모두 고기만두가 들어간다는 얘기다. 그러니 김치만두가 먹고 싶은 분들은 꼭 김치만두로 달라고 하든지, 혹은 '김치만두 대 고기만두 개수'를 정확히 말씀드려야 한다. 그러지 않으면 이 집 김치만두를 맛볼 수 없다. 그런데 이 안내문을 휘뚜루마뚜루 읽어버린 나는 그저 접시만두 하나, 만둣국 하나를 주문하는 실수를 저질렀다.

이 집의 기본 찬은 간장소스로 직접 담근 양배추 피클이다. 어떤 집의 만두든, 고기만두만 먹으면 느끼해하는 사람도 많으니 그걸 상큼한 매운맛으로 잡아주어야 하는데, 사장님이

접시만두에 나오는 만두 한 개는 매우 커서 내 큰 한입에도
다 들어가지 않는다. 다른 만두는 시원하게 한입에 다 쓸어 넣어 먹는데,
이곳의 만두는 다소곳이 두 입에 나누어 먹었다.

그 역할을 충실히 할 피클을 개발한 듯하다. 가늘게 썬 양배추와 청양고추, 양파가 맛있게 절여져 있다. 함께 나온 깍두기는 첫입 먹었을 때 쿰쿰한 냄새가 나서 흐음 하고 젓가락을 내려놓았더랬다. 그런데 고기만두가 나오고, 만둣국이 나오고……피클보다 손이 더 많이 간 것이 저 깍두기다. 집에서 담근 깍두기 맛인데, 김치라기보다 절인 무를 고춧가루에 무친 짠지 모양이다. 그래서 군내 비슷한 향이 더했던 듯하다. 그러나 묵직한 고기만두랑 함께 먹으면 환상특급!

만둣국의 국물은 사골 육수라고 한다. 그러나 한겨울 집에서 끓인 것처럼 두텁게 뽀얗지 않고 맑다. 사골에 물을 좀 많이 넣으셨나, 아니면 우리가 첫 번째 손님이라서 덜 우려져서 그런가 할 정도다. 하지만 테이블 위에 놓인 후추를 팍팍 넣고 떠먹기 시작하면, 처음에는 숟가락을 찬찬히 사용하다가 나중에는 두 손으로 그릇을 들어 고개를 젖히고는 국물을 들이마시고 있는 나를 발견하게 된다. 참 맛있다.

만두는 가게마다 지닌 고유의 방식으로 만든다. 프랜차이즈가 아니라면 백이면 백 다 다르다. 들쭉날쭉한 만두의 매력이다. 우리 동네 만둣집 만두박사가 소에 두부를 넣지 않고 고기만으로 빚어내는 반면, 이곳 '착한만두'는 두부, 숙주, 부추, 고기 등 집에서 넣던 재료 그대로 넣어서 만든다. 숙주가 아삭하다, 만두피의 식감이 어떻다 논하기 전에, 한 입 베어 물면 육즙 나오고 담백하게 맛있다. 그럴 때 깍두기나 피클 한 입.

접시만두에 나오는 만두 한 개는 매우 커서 내 큰 한입에도 다 들어가지 않는다. 입이 개구리만큼 크고 성격도 급해, 아무리 최애 배우 박정민이 내 앞에 앉아 있다고 해도 시원하게 한입에 다 쓸어 넣어 먹을 텐데, 이곳의 만두는 다소곳이 두 입에 나누어 먹었다. 다 먹고 나서 김치만두 맛을 보지 못한 것이 아쉬워 포장을 부탁드렸다.

미리 계산하면서 재빨리 궁금한 것을 여쭤봤다. 홀에 손님이 우리밖에 없어서 가능한 일이었다. 두 분은 모자지간이 맞고, 만둣집 차린 지는 9년 차란다. 9년 전 처음 만두를 배워서 이 가게를 차린 것이라면, 아드님도 아드님이지만 어머님이 새로 음식 배워서 시작하기가 쉽지 않았을 텐데…….

만둣집을 나와 마트에서 장을 보고 집으로 돌아오니 벌써 출출해진다. 궁금하고 아쉬웠던 김치만두 포장해 온 것을 꺼내 한 입 베어 물어본다. 아, 김치가 꽤 칼칼하다. 김치만두 안에는 부추가 들어갈 새가 없다. 대신 고기가 넉넉히 들어가 있다. 나는 김치만두 마니아에, 아주 매운 김치만두가 있는 곳이라면 홀린 듯 쫓아다니는데, '착한만두'의 김치만두 또한 나의 만두 덕질에 꽤 이바지할 듯하다.

누군가의 블로그를 보니 여기 별미가 냉만둣국이라면서 '뜨시뜨시' 맛이라고 한다. 뜨거, 시원, 뜨거, 시원…… 이 뜨시뜨시 냉만둣국 맛이 궁금해, 다음에는 이 메뉴에 도전해보기로 결심한다. 가게 내부는 넓지는 않다. 테이블은 한 서너 개 정도 된다. 무뚝뚝한 아드님과 말수 적은 어머님이 운영하는 만둣집 '꼼수없는착한만두'에서 잘 먹고 돌아왔다.

꼼수없는착한만두

서울특별시 광진구 아차산로 626.
광나루역 2번 출구에서 464미터 거리에 있다.
매일 11:00~21:00. 포장 판매 마감은 22:00.
일요일 휴무.

시골 할머니가 빚어주시는
만두, 그 맛

한가로운 토요일 오전, 페이스북 친구가 "배우 최불암 아저씨와 김영철 아저씨가 세상에서 제일 부럽다."고 쓴 글을 봤다. 두 분 모두 KBS TV 〈한국인의 밥상〉과 〈동네 한 바퀴〉라는 음식 기행, 혹은 동네 소개 프로그램에서 활약하고 계신다. 〈한국인의 밥상〉은 전에 자주 봤는데, 김영철 씨의 〈동네 한 바퀴〉는 한 번도 보지 못한 터라 유튜브에서 검색을 해봤다.

오, 정릉에 있는 만둣국집을 다녀가셨네. 가정집 같은 분위기인데다 어머니뻘이 되는 고령의 주인장께 살갑게 인사드리고 함께 이야기 나누느라 부담스러울 수 있는 상황에서도 너무도 맛있게 만둣국 한 그릇을 뚝딱 해치우는 김영철 씨. 너무나 건강하고 맛있게 드시는 통에 도저히 참을 수가 없었다. 당장 정릉으로 달려갔다. 마침 집에서 차로 30분 거리에 있어 다행이었다.

방송에서 골목골목 굽이굽이 들어가는 바람에 만둣국집 찾기가 꽤 어려워 보였는데, 역시! 어느 블로거의 촘촘한 길 안내가 아니었으면 못 찾을 뻔했다. 이 골목이 맞나 하고 들어가다 보면 저 멀리에 '원조 만둣국'이라는 간판이 보이는데, 반가워서 쫓아가면 이내 실망할 정도로 가게가 안 나온다. 거기에서 좌절하고 돌아서면 안 된다. 바로 우회전해서 조금만 더 걸어가면 '만둣집'이라는 간판이 반갑게 맞이한다. 이렇게 뒷골목에 꼭꼭 숨어 있는 작은 집에서 만둣국을 끓여서 팔고 계신다.

이곳은 점심 장사만 하는 곳이다. 그래서 지체하지 않고 바로 날아온 터였는데, 이상하리만큼 조용해서 소심하게 목소리를 내본다.

"만둣국 되나요?"

"네, 돼요."

다행히 안에서 젊은 여자분이 환하게 웃으며 나오신다. 이렇게 작은 가게에 오면 "어유, 여기 앉으세요." 하고 맞이해주는 안방에 밥상이 펼쳐져 있다. 벽에 걸린 새마을금고 달력이 참 정겹다. 방송을 봤기에 3대째 이어져 내려온 가게라는 건 대충 알고 있었다. 만둣국을 끓이는 부엌 건넌방에는 하얀 머리의 고운 할머니가 조용히 앉아 계시는데, 이분의 시어머니가 북에서 내려와 동네 사람들에게 만둣국을 만들어주시곤 했다고 한다. 그 맛이 입소문이 나서 만둣국집을 차렸는데, 그것을 이어받아 할머니, 또 할머니의 따님까지 내려와서 지금까지 운영했다고 한다. 건넌방에 계신 할머니의 손녀가 나를 반갑게 맞아주고 지금 이 이야기를 들려준 젊은 여자분이다. 이제는 본인이 부엌에 들어가 만둣국을 만들고 있다고 한다. 그러고 보니 3대가 아닌, 4대째 이어지고 있는 노포다. 설명에 의하면, 할머니가 요즘 건강이 많이 안 좋다고 하시는데, 그럼에도 앉아계신 자태가 정갈하고 당당하다.

먼저 만둣국을 주문했다. 한 그릇에 열 개가 들어간다고 하는데, 좀 많지 않을까 해서 조금만 덜어달라고 말씀드리니 잠시 후 대접에 만두 여덟 개가 소담하게 담겨 나왔다. 할머니 만둣국에서는 손님이 와서 주문을 하면 몇 그릇이 되든지 그때그때 한 그릇씩 끓여서 내준다. 한꺼번에 큰 솥에 미리 육수를 잡은 후 주문받은 그릇 수대로 나눠 담는 것이 아니다. 아니, 국물을 잡고 뭐 하고 할 것 없이, 이 집 국물의 기본은 맹물이다. 흔히들 쓰는 멸치나 다시마 같은 재료로 육수를 내지 않고, 맹물에 파를 잔뜩 집어넣어서 팔팔 끓여 국물을 만든다. 그게 무슨 맛이 있겠나 싶지만, 만두와 어우러지면 최고의 조화를 이룬다. 여기에 야들야들한 달걀이 킬링 포인트. 국물, 만두, 달걀을 땀 뻘뻘 흘리며 쉴 새 없이 먹게 된다.

음식점에서 김치를 먼저 맛본 후, 직접 담근 거라면 고마운 마음에 기본 별 넷, 게다가 맛있으면 다른 음식들도 훌륭할 것이라는 기대를 가지고 별 다섯 개를 마음속으로 매긴다. 그리고 그 예측은 틀린 적이 없었다. 이곳에서도 훌륭한 김치를 내주셨다. 집에서 담근, 양념 과하지 않고 시원한 김치인데, 슴슴한 만둣국과 잘 어울린다.

만두 맛이 세련되지 않고, 투박하다. 간장으로 치면
집에서 담근 국간장 같은 느낌이다. 시판 냉동만두가 걸그룹 같은
재기발랄함과 쨍한 맛을 보여준다면 이 집 만두는 이미자다.

이 집의 만두는 이북식 김치를 넣은 김치만두뿐이다. 김치 맛은 빨간 김치 색깔이 드러나지 않는다. 시판 만두에 비해 맛이 강하지 않고, 고춧가루나 젓갈을 많이 쓰지 않는 이북식 김치에 두부, 당면이 듬뿍 든지라 매콤하다기보다 담백하다. 배추김치의 식감이 아삭아삭하게 살아 있다. 아무래도 내 취향이 배추를 '대충 썰어' 넣었다고 할 정도로 큼직큼직하게 다지는 것을 선호하는지도 모르겠다.

심심한 국물 맛에 대비되게 만두의 맛은 시골스레 짭짜름하다. 요즘 트렌드인 얇은 피도 아니다. 그저 만두소를 두툼한 만두피가 투욱~ 무심한 듯 감싸고 있다. 만두 맛이 세련되지 않고, 투박하다. 간장으로 치면 집에서 담근 국간장 같은 느낌이다. 시판 냉동만두가 아이유나 걸그룹 같은 재기발랄함과 쨍한 맛을 보여준다면 이 집 만두는 이미자다. 화려한 무대, 반짝이는 무대 매너로 듣는 사람들을 사로잡는 하춘화나 패티김이 아니다. 소박한 무대 위, 박자에 맞춰 춤 한 번 추지 않아도 마이크 하나 붙잡고 청중의 마음속에 깊이 박히는 이미자의 노래 같은 맛이다.

오래전부터 할머니의 만둣국 맛을 잊지 못해 계속 찾는 분들이 많단다. 그래서 더더욱 맛에 신경을 쓸 수밖에 없고, 그것이 점심 장사만 하게 된 까닭이라고. 한 가족이 매일 같은 일을 하고, 같은 만둣국을 수십 년간 끓여내는 것, 가장 단순한 것이 가장 위대하다는 말을 새삼 실감하게 된다. 늘 불꽃 같은 삶으로 불살라버리며 어디로 튈지 예측이 안 되었던 내가 이 만둣국 한 그릇 먹으면서 해보는 생각이다.

이날 날이 더웠는지 땀을 많이 흘렸다. 더운 날씨를 싫어해서 숙소나 음식점을 고를 때 냉방이 잘 되는지 먼저 살피는데, 여기는 에어컨이 없다. 주방에만이라도 에어컨이 하나 있어야 할 듯한데. 날이 더 더워지기 전에 꼭 한 번 가야 하는 맛집이다.

이 무심하게 맛있는 만두를 그냥 두고 올 수 없어서 그 집에서 판매하는 냉동만두 한 봉지를 사서 집으로 돌아왔다. 도대체 맹물로 어떻게 맛을 내는 것일까? 가게에서 먹은 만둣국을 흉내 내 냄비에 물을 올리고, 파를 잘게 썰어서 듬뿍 넣어보았다. 물이 팔팔 끓을 무렵, 잘 풀어놓은 달걀물도 쪼르르 둘러 부었다. 그리고 멸치액젓을 조금 넣어 간을 했다. 만두야 신경 쓰지 않아도 될 정도로 맛이 있으니.

너무 오래 끓였는지 만두가 살짝 터져서 국물이 흐려졌다. 그러나 이날 하루 두 끼 식사를 책임진 할머니 만두는 매우 만족스러웠다. 좋은 봄날, 이렇게 숨은 맛집(방송을 타긴 했지만, 만둣집이 골목길에 꼭꼭 숨어 있다)을 알게 되고, 맛보게 되어 행복했다. 게다가 손녀분이 이어받아 만둣집을 하신다니, 기쁜 소식이다. 이 만두를 오래오래 먹을 수 있게 되었으니.

할머니만두국

서울특별시 성북구 아리랑로19길 9-8.
정릉역 2번 출구로 나온 후 계속 걸어가면 시장이 나온다. 그 안으로 들어가서 조그마한 골목길로 들어서면 되는데, 미니 붕어빵 천막 바로 옆으로 꺾어 들어간 후 여긴가 아닌가 하면서 헤매다 보면 이 집을 만날 수 있다.
매일 11:00~14:30(식사 가능 시간).
공휴일, 일요일 휴무.

곱다, 소리 절로 나올 만두

　요즘 운동을 하면서 식단 조절도 하고 있는 터라 만두를 좀 멀리했다. 열심히 운동한 지 한 달이 넘었는데도 몸이 가벼워지지 않는 이유를 몰라서 전전긍긍하던 차, 45일이 지나가자 슬슬 살이 내리기 시작한다. 가벼운 몸과 마음으로 성북동의 만둣집을 찾았다. 성북동은 아직도 굽이굽이 골목의 정서가 남아 있는 동네다. 예전 정릉 할머니만두국을 찾아갈 때의 느낌이 이날도 고스란히 살아났다. 다른 지역, 다른 나라로 여행을 가도 사람들 생활하는 모습을 그대로 볼 수 있는 골목을 일부러 찾아다닌다. 빨래를 어떻게 널어놓는지, 어느 집에서 어떤 음식 냄새가 나는지, 마당에는 자전거가 몇 대인지……. 골목에서만 만날 수 있는 사람 사는 모습이 너무나 재미있다.

한성대입구 전철역에서 나와 수십 년 전통의 랜드마크 나폴레옹 과자점 앞에서 길을 건너 골목길로 접어들면 바로 길가에 만둣집 '하단'이 나를 반긴다. 이 만둣집은 평양만두도 만두지만, 차가운 메밀 칼국수가 있다는 말에 솔깃한 터였다. 입덧이 심한 어떤 임신부는 하단의 냉칼국수로 오심을 달랬다고 하는데, 얼마나 시원하고 속 편한 맛인지 궁금했다.

나이가 지긋하고 우아한, 친구로 보이는 여사님 네 분이 즐겁게 수다를 떨며 식사하고 있었는데, 아마도 단골인 듯하다. 주인아저씨가 옆에 서서 이분들과 함께 재미나게 대화를 나누셔서, 그 안에서 수많은 정보를 건질 수 있었다. 이 만둣집은 매주 화요일, 일주일에 한 번 쉬는데, 가게를 연 지 25년 만에 처음으로 일주일에 하루 쉬게 된 것이란다. 그것도 따님 등쌀에. 하단이 이 자리에서 장사한 지 28년 되었으니, 3~4

년 전까지만 해도 하루도 안 쉬고 앞만 보고 달려온 것이다. 쉬는 날도, 휴가도 없이 일만 하는 부모님이 따님 보기에 얼마나 안쓰러웠을지.

물론 주인아저씨도 이유는 있다.

"아, 이런 여름에는 하루에 팔구십만 원 손해인데. 여름엔 잘되니까 쉴 수가 없어요, 돈이 들어오니."

사람 마음이 다 이런 것이겠지. 아마 나도 장사를 해서 하루하루 현금 들어오는 것이 눈에 보이면 쉬어도 쉬는 것 같지 않을지도 모른다.

주인아주머니가 안에서 만두를 빚고 면을 삶으면서 음식을 맡는다. 그리고 아저씨는 홀에서 음식 내가고 손님이 가면 뒷정리를 한다. 그나저나 만둣집 이름이 '하단'인 까닭이 있다. 나는 처음에 골목이 살짝 언덕배기라 그 오르막길 끝에 있다고 하단일까 상상해보았지만, 아니란다. 음식을 담당하는 안주인의 부모님이 평안도 하단 분이란다. 만두를 빚는 어머님의 손맛은 평안도에서 왔다.

메뉴는 간단하다. 나는 프랜차이즈 김밥집이나 무슨무슨 회관이라는 이름이 붙은 음식점의, '말만 해, 다 만들어주겠다!'는 기세를 내뿜는 메뉴판을 좋아하지 않는다. 같은 재료, 같은 양념 가지고 변주해봐야 얼마나 버라이어티하겠는가마는, 그래도 메뉴가 많으면 재고 관리, 음식의 질 유지에 신뢰가 가지 않아서 자꾸 감점을 주게 된다. 그런 면에서 하단은 너무나 흡족하다.

그러나 아쉽게도 냉칼국수는 2인분 이상만 주문이 가능하단다. 아저씨 말씀이, 메밀 삶을 때 25분이나 걸려서 빠르게 착착 내보낼 수가 없단다. 슬로푸드의 정점을 여기서 접할 수 있는 것인데, 나 같은 혼밥, 혼술러들은 아쉬울 수밖에 없다. 그럼 2인분 주문하고 남은 것은 싸 가지고 가면 안 되냐고 물었더니 고개를 젓는다. 왜 그렇게 견고히 안 된다고 하시는지 이해가 가지는 않았지만, 로마에 왔으니 로마법에 따라본다.

또 하나, 만둣국이야 아무 때나 주문할 수 있지만, 만두전골은 따로 예약을 해야 한다는 첩보가 있었다. 미리 전화를 걸어 확인했다.

"만두전골은 미리 예약해야 하나요?"

"안 찾아요. 이렇게 더울 때는 안 찾아요."

"그럼 예약을 해도 안 되는 건가요? 여름철에는?"

"마이 안 찾으니께네, 보자~ 한 8월 말은 되어야 시작하지 싶어요."

그러니까, 냉칼국수는 2인분 이상일 때 주문할 수 있으며, 만두전골은 여름철에는 먹을 수 없다. 그러니 냉칼국수나 만두전골을 드시고 싶은 분은 참고하시길.

기본 반찬으로 깍두기와 열무김치가 나온다. 만둣집 돌아다닐 때마다 김치 맛있거나 단무지가 맛있으면 그렇게 반가운데, 하단도 그중 하나다. 평양만두 빚는 집은 대부분 김치를 직접 담근다. 하단도 그러한데, 김치가 잘 익은 데다 시원하게 맛있다. 글을 쓰는 지금도 하단 김치의 감칠맛이 떠올라 입 안에 침이 고인다. 흰밥에다가 얹어서 먹고 싶네.

진한 양짓살과 함께 푹 끓여진 사골 국물 속에 예쁘게 빚은 평양만두 다섯 개가 동동 떠서 담겨 나왔다. 국물의 간이 세지 않아서 좋다. 중간중간 부드러운 양짓살을 떠먹는 것도 별미. 이 양지 국물에다가 국간장을 잘 배합해내는 것이 기술이라고 주인아저씨가 자신 있게 말한다.

하단의 만두는 하얗게 예쁘고, 곱다. 만두라고 하면 당연히

이 집 만두 담백하다. 두부를 잔뜩 넣었는데
특유의 고소함만 남아서 거침없이 술술 넘어갔다.

하얗지 싶어도 누가, 어디에서 어떻게 만드냐에 따라 느낌이 다르다. 부산에서 먹는 만두는 빨갛다. 하얀 만두피를 뚫고 강렬한 빨간색이 솟아오른다. 맛도 힘차게 맵싸하다. 강원도 만두는 건강하게 거친, 검박한 느낌이다. 강원도 산간 지방의 메밀이 떠올라서 그럴까. 거무튀튀하고, 수줍은 밤색이 생각난다.

그런데 이곳의 만두는 정말 하얗고 곱다. 만드는 분 성정도 분명히 단정하고 고울 듯하다. 예전에 만두 빚는 법을 배우러 만두 교실에 갔다가 의아했던 적이 있다. 송편이나 만두를 예쁘게 빚는 사람은 예쁜 딸을 낳는다고 하는데, 우리 딸은 왜 예쁠까? 만두 빚는 과정을 지켜보면 솜씨가 있고 없고를 떠나 성격이 고스란히 드러난다. 즉, 유전 법칙이 적용되는 것이다. 하하하! 호탕하게 웃고 남 웃기기도 좋아하고 목소리 큰 분들은 만두도 꼭 그렇게 빚는다. 그 유쾌한 분들의 딸들도 그 성정의 일부, 혹은 전부를 물려받을 터. 그나저나 내가 빚은 만두는…… 만두가 주인을 쳐다보며 "그래서, 어쩌라고?" 하는 것 같다. 야물지 못하고, 만두피를 꼭꼭 누르지도 않았다. 게다가 욕심은 많아서 만두소도 넘친다. 결국은 "맛만 좋으면 돼. 찌면 다 똑같아."라는 변명으로 마무리, 나같이 생겨 먹은 만두가 탄생한다.

다시 하단의 만두 이야기로 돌아오면, 이 집 만두 담백하다. 두부를 잔뜩 넣었는데 특유의 고소함만 남아서 거침없이 술술 넘어갔다. 평양만두의 관건은 두부라고 생각한다. 돼지고기나 김치의 강한 풍미가 아닌 두부 맛이 '슴슴함'으로 대변되는 이북식 음식의 특징이다. 이곳의 만두는 두부의 고소한 맛과 숙주의 아삭한 식감도 좋고, 국물도 강하지 않아서 참 좋았다. 만두피는 되도록 얇은 것을 좋아하는데, 하단의 만두피는 두툼한 밀가루 빵 같은 평양만두답지 않게 아주 가볍다.

녹두지짐도 잘 먹었다. 겉바속촉의 식감을 그대로 잘 살려 낸 녹두지짐. 막걸리 한 잔 곁들이면 좋겠다는 생각이 든다. 이렇게 녹두지짐과 만둣국을 거하게 먹고 있으니, 마음이 꽉 차는 느낌이다.

내가 행복하게 식사를 하는 동안 주인아저씨는 홀에서 계속 단골 여사님들과 이야기꽃을 피우신다. 몇 년 전에 뇌경

색이 와 수술을 크게 하셨던 모양이다. 여사님들께서 "아우, 사장님 왜 이렇게 살이 많이 빠졌어요?" 하며 놀라시기에 돌아보니 날씬한 사장님께 그런 연유가 있었다. 술을 전혀 입에 댈 수 없으니 살이 빠질 수밖에 없단다. 아무래도 매일 쉬지 않고 가게 문을 열다가 일주일에 한 번 쉬게 된 것에도 이런 이유가 있지 않았을지 추측해본다. 메밀 냉칼국수를 못 먹고 돌아선 것이 아쉽다. 다음에는 딸내미를 데리고 가보고 싶다.

하단

서울특별시 성북구 성북동 성북로6길 14.
한성대입구역 5번 출구로 나와 수진청과 옆 골목으로 들어가면 찾을 수 있다.
매일 12:00~19:00.
화요일 휴무.

이름을 내건 '자부심'이
대표 메뉴!

만둣집에 관한 글을 쓰고 있으니, 어디 어디 만둣집 가봤냐며 주변에서 이제는 추천을 해주신다. 그럴 때마다 수첩 한 귀퉁이에 잘 적어두었다가 서울·경기 지역이면 그때그때 시간 날 때마다, 그 밖의 지역이라면 몰아서 1~2박 정도 만두 여행을 다닌다. 하루는 카카오톡으로 이런 추천을 받았다. '이상조만두국'이라는 데가 있는데, 그 집 만두는 소에 '부추

가 반 단'은 들어간 듯하단다. 안 가볼 수 없었다. 냉큼 검색
해보니 즐겨보는 방송 〈허영만의 백반 기행〉에 딱 이 집이 나
오는 것이 아닌가. 음식에 더도 덜도 없이 솔직한 허영만 화
백의 꾸밈없는 평을 듣고 나니 가보고 싶어졌더랬다.

"맛도 우애도 빈틈이 없다."

어느 기분 좋은 토요일 점심, 딸과 함께 안암동으로 출동
했다. 주차장 입구 겸 가게 출입문으로 들어서면 고풍스러운
한옥이 반긴다. 내부로 들어가니 커다란 시계가 놓여 있는데,
괘종시계 하나가 이 가게가 지나왔을 세월을 고스란히 보여
주는 듯하다.

메뉴는 '전통만두'라는 이름의 김치만두와 '부추만두'라는
이름의 고기만두가 찐만두와 만둣국으로 제공되고, 만두전골
과 녹두지짐도 준비되어 있다. 우리는 부추만두는 찐만두로,
전통만두는 만둣국으로 주문했다. 먼저 부추만두 맛을 보았
다. 역시 전해 들은 대로, 부추 반 단은 족히 넣은 듯한 호기
로움. 신선한 부추 향이 훅 끼치는 것이 여느 고기만두와 다
른 점이다. 그리고 김치만두보다 피가 훨씬 얇다. 부추만두는
반달 모양으로 빚었는데, 주인장의 말에 따르면 평안도식 만

부추 반 단은 족히 넣은 듯한 호기로움.
신선한 부추 향이 훅 끼치는 것이 여느 고기만두와 다른 점이다.

두라고 한다.

다음은 황해도식 김치만두로 끓인 만둣국. 황해도의 대표 도시 개성이 부자 많고 미식가 많기로 유명했다고 하는데, 그래서인지 이 집의 전통만두는 평양만두와는 달리 알이 작다. 그리고 여느 이북식 만두와 마찬가지로 김치 맛이 그다지 강하지 않다. 김치, 다진 마늘, 숙주, 두부 등으로 슴슴하게 만들었는데, 한 입 베어 물 때마다 질 좋은 참기름 향이 올라와 인상적이다.

만두 별로 좋아하지 않는 딸도 나와 이마를 맞대고 얘기도 안 하면서 먹는데, 뭔가 아쉬웠다. 부추만둣국을 주저 없이 더 시켰다. 딸과 나의 먹성이면 그 정도는 거뜬할 것 같아서 말이다. 이윽고 만둣국이 나왔고 아저씨가 만둣국을 내려놓으면서 말씀하신다.

"우리 집에 오셨으면 녹두지짐을 꼭 드셔봐야 하는데 말입니다."

아뿔싸, 만둣집이라고 지짐을 무시했구나! 부추만두에 꽂혀 달려온 집이라 녹두지짐 먹어볼 생각을 전혀 못 한 것이다. 기왕 아저씨와 말 튼 김에 이것저것 물어보고 싶었는데,

혼자 다시 가서 먹은 전통만둣국과 이 집의 자랑, 녹두지짐.

역시 사춘기 소녀와는 같이 다니기 까다롭다. 나의 일거수일투족이 소녀의 레이더망에 걸리는 것. 한참 엄마, 아빠가 창피할 때이기도 한데다가, 조용히 만두만 먹고 나갔으면 좋겠는데 엄마가 큰 소리로 이거 뭐예요, 저거 뭐예요 물어대니 싫은 모양이다. 계산하면서 '이상조'가 누구인지 묻고 싶었지만, 딸이 옆구리를 꼬집는 바람에 입 다물고 그냥 나왔다. 다음을 기약하며…….

　2개월 뒤 전통만두국이상조를 혼자 다시 찾았다! 이번에는 지난번에 못 먹은 전통만둣국과 녹두지짐을 주문했다. 이 집의 별미는 소담하게 나오는 배추김치와 깍두기다. 고기와 두부가 잔뜩 들어간 이 집 만두의 '맛있는 느끼함'을 잘 잡아주는 시원한 맛이다.

　김치만둣국의 국물은 부추만둣국처럼 슴슴하고 간이 딱 좋다. 전날 새벽까지 음주로 불살라 속이 말이 아니었는데, 만둣국의 국물로 충분히 달랠 수 있었다. 국물을 뜰 때 드문드문 숟가락에 걸려 올라오는 떡 몇 점도 재미난 별미. 떡국을 좋아하지 않아서 만둣국을 시킬 때 떡을 빼는데, 국물 뜰 때 한두 개 건져 먹으니 좋았다.

드디어 아저씨의 자신감, 녹두지짐이 상 위로 올라왔다. 과연, 반드시 먹어봐야 한다고 자랑할 만했다. 녹두와 돼지고기로 꽉 찬 속은 촉촉하고, 노릇노릇 잘 부친 겉은 바삭하다. 그간 녹두가 무슨 맛인지 잘 모르고 빈대떡을 먹었는데, 이날 인생 경험을 다시 하게 됐다. 녹두의 풋풋한 맛에 돼지고기의 고소한 맛이 어우러져서 쉴 새 없이 잘라 먹게 된다. 젓가락이 자꾸 간다. 참 맛있다.

만족스러운 만둣국 식사를 마치고, 계산하면서 물어봤다. 지난번에 못 풀고 간 궁금증의 해소.

"이상조 씨가 누구세요?"

"접니다."

"여섯째 막내 아니세요?"

"여섯째는 맞는데, 제가 대표입니다. 큰누님부터 시작해서 34년(강조!) 됐습니다."

알고 보니, 이 집은 다섯 누나와 막내 남동생인 여섯째까지 남매들이 뭉쳐서 36년째 운영하고 있는 만둣집이다. 맨 처음 만둣집은 첫째, 둘째, 셋째 누님이 힘을 합쳐 열었다고 한다. 그리고 4~5년 뒤에 가게를 넓히면서 막내인 사장님을 포함한 남매 모두가 가게 영업에 뛰어들었고, 중간에 충무로와 충정로에 분점을 내는 등 사세를 확장했다. 그러다가 누님들은 연세가 드시면서 가게를 접고 이곳 안암동으로 다시 돌아오셨고, 그 사이 첫째, 둘째 누님은 이미 돌아가셔서 지금 세 누님, 그리고 이상조 사장님과 아내분까지, 가족이 똘똘 뭉쳐 가게를 꾸리고 있다.

분업도 확실하다. 셋째 누님은 사골 육수와 이 집의 대표 메뉴인 부추만두 담당, 넷째 누님은 그 밖의 모든 만두소 만들기 담당이다. 퇴근 전까지 내일 쓸 만두소를 무슨 일이 있어도 만들고 간단다. 그리고 다섯째 누님은 만두 빚기 담당, 5초에 하나씩 귀신같이 만두를 빚어낸다고 한다. 막내인 사장님은 홀 서빙과 계산, 손님 접대를 맡고 있다.

이 집에서 만두피를 밀 때 쓰는 밀대는 50년 이상 된 오동나무로 만든 것인데, 남매들의 어머니가 물려주신 거라고 한다. 이 만둣집이 30년이 넘었으니, 가게를 처음 열 때에도 오동나무 밀대는 이미 스무 살이 넘었을 것이다. 오랫동안 이 밀대를 사용한 까닭에 다른 것 가지고는 어색해서 못 밀겠다고 하는데, 그러고도 남을 것 같다.

　든든한 막냇동생이 대표로 있는 이 만둣집. 얼마나 자신이 있어야 본인 이름을 내걸고 음식을 낼 수 있을까? 백 마디 자랑보다 이것 하나에서 자부심이 느껴진다.

전통만두국이상조

서울특별시 성북구 고려대로8길 67.
매일 11:00~21:00(브레이크 타임 15:30~17:00).
토요일 휴무.

만두를 많이 빚은
춘보 손도 만두손

'사람을 모으는' 사람이 있다.

길 가다가 포장마차가 보여 어묵이나 몇 개 먹자 싶어 호주머니 뒤져 현금을 찾은 뒤 스윽 들어간다. 꼬치어묵 한두 개 먹다 보면 떡볶이가 보인다. 떡볶이도 한 접시 시킨다. 정신없이 먹다 보면 사람들이 몰려든다. 나중에는 다른 사람들과 어깨가 부딪치고, 아예 포장마차 안이 바글바글해져 '아,

꼬마김밥 한 줄 더 먹고 싶었는데' 하고 아쉬워하며 떠밀려 나오는 경우마저 생긴다. 순댓국집에 가도 그런 상황이 생긴다. 분명 혼자 앉아 있었는데 이윽고 단체 손님까지 몰려온다. 이런 사람이 바로 '사람을 모으는' 사람이다. 그리고 내가 바로 이런 사람이다. 한두 번이면 우연이겠거니 하는데, 거의 한 번도 빠지지 않고 벌어지는 현상이라 논리적으로 설명을 하지 못하겠지만 보이지 않는 규칙이 있다는 생각을 하게 됐다. 사람마다 각자 타고난 에너지가 있는데, 아마도 나는 사람 모으는 쪽으로 선물을 받은 모양이다.

비가 추적추적 내리던 날, 여름 끝이라 시원하지도 후덥지근하지도 않던 날 오전, 따끈한 만둣국이 먹고 싶어 슬슬 검색을 시작했다. 멀리는 못 가겠고, 가까운 데 없나 봤더니 '춘보만두'라는 화사한 이름의 만둣국집이 있었다. 나는 이름에 '춘' 자가 들어가면 그렇게 좋다. 봄이 온 것만 같아서.

아침에 문을 연 지 얼마 되지 않은 건지 원래 손님이 없는 건지 잘 모르겠지만 자리가 넉넉했다. 홀에 나와 계신 아저씨께 혼자 왔다고 말씀드리니, 머릿속으로 뭔가 계산을 하는 듯

두리번거리다 자리를 잡아준다. 홀은 아저씨가, 주방은 아주머니가 담당하는 전형적인 가족 운영의 가게다. 공릉동에 오래 사셨는지, 아저씨 이름으로 받은 지역 발전 공로 표창장 같은 것이 많이 걸려 있다. 경찰서에서 받은 표창도 있다.

앉아서 만둣국을 기다리다 보니, 어라? 사람들이 점점 찬다. 예외 없다. 내가 들어오면 다들 따라 들어오는 것같이 느껴진다.

춘보만두의 메뉴는 김치만두 하나다. 평양만두 전문점이라고는 하는데, 평양만두에 이리 빨갛게 김치가 들어 있는 것은 흔히 보지 못한 터라 갸우뚱. 그러나 평양식 만두라고 꼭 꿩에다 두부만 으깨어 넣는 건 아닐 터. 돼지고기도 넣고, 닭고기도 넣고, 그러다 보면 매운 김치도 들어가고 그러겠지.

그런데 특별히 이야기할 것이 있다. 바로 이 집의 영업시간이다. 오전 11시에서 오후 2시까지 딱 세 시간. 점심 장사만 한다. 처음부터 그랬나 궁금해서 찾아보니, 5~6년 전에는 필요하면 오후 5시부터 1시간 30분 정도 더 영업을 했다고 하는데, 지금은 딱 세 시간만 만둣국을 내고는 문을 닫는단다. 궁금했다. 하루에 세 시간만 장사한다? 그러면 벌이가 얼마나 될까? 자꾸 계산기를 두드리게 된다.

김치는 주인아주머니가 손수 담근다고 하는데, 정말 맛있다. 블로그 리뷰를 찾아보니 배추김치가 더 칼칼하다, 깍두기가 더 맛있다 등등 의견이 첨예한데, 무김치를 더 좋아하는 내 입맛에는 깍두기 승!

드디어 만둣국이 나왔다. 춘보만두의 특징은 커다란 만두도 만두지만, 국물에 있다. 사골 국물 같아 보이지만, 한 입 떠먹으면 사골이 아니다. 가게를 처음 시작했을 때는 사골로 국물을 우려냈는데, 손님들이 많이 남기는 바람에 지금과 같이 국물을 바꿔 정착했다고 한다. 어떤 재료로 육수를 우렸냐고 물었는데, 절대 안 가르쳐주신다. 국물과의 첫 만남, 따끈한 우유를 마시는 듯한 크리미함이 입 안에 훅 풍겼다. 그리고 다음 느낌, 콩을 잔뜩 갈아낸 콩국과도 같은 질감이 느껴진다. 고개를 들어보니, 벽에 '여름 별미 콩국수'라고 쓴 종이가 붙어 있다. 어디까지나 국물의 맛이 콩국 못지않게 고소하다는 이야기이지, 콩을 갈아서 만둣국을 끓인다는 이야기가 아님을 유의하시길.

만둣국에는 한 개만 먹어도 든든할 만큼 커다란 만두가 일

만둣국을 다 비우기도 전에 손님들이 꽉꽉 들어찼다. 이렇게 맛있는 만두를
하루 딱 세 시간 안에 맞춰 와야 먹을 수 있다니, 사람들로 끓지 않을 리가 없다.

곱 개나 들어 있다. 옆자리 손님이 드시는 것을 보니 떡만둣국은 만두 다섯 개에 떡이 잔뜩 담겨 있다. 아삭아삭 칼칼한 빨간 김치 맛에 하얗고 진한 국물 맛이 어우러져서 자꾸 다음 한 입을 재촉한다. 정말 맛있다. 이 집 만두는 포장해 가서 먹어도 좋지만, 국물 때문에라도 꼭 가게에서 먹어야 한다.

점점 손님이 많아지고, 주인아저씨의 몸놀림도 덩달아 빨라진다. 아저씨가 홀에서 주방에 있는 아주머니를 자꾸 불러내 뭔가를 시키니, 아주머니는 나와서 일을 도우면서도 신경질을 살짝 낸다. "나 지금 들어가서 국 끓여야 되는데 왜 자꾸 불러. 아이, 참." 두 내외가 투닥거리는 모습이 귀여워 보인다.

아저씨를 따라 주방으로 살짝 시선을 돌리니, 아저씨와 아주머니 말고 한 사람이 더 있었다. 세 사람이 가족으로 보이니, 아무래도 따님인 듯하다. 능숙하게 만둣국을 끓여서 그릇에 담아내는데, 부모님의 기술을 배우며 가게 이을 준비를 하는 것 같다. 이렇게 대를 이어 하는 음식점이 참 좋다.

만둣국을 다 비우기도 전에 손님들이 꽉꽉 들어찼다. 아무래도 이번에는 내가 사람을 몰고 온 건 아닌 듯하다. 이 집은 점심시간이면 원래 손님들로 북적이는 우리 동네의 핫플레이스였던 것이다. 이렇게 맛있는 만두를 하루 딱 세 시간 안에 맞춰 와야 먹을 수 있다니, 사람들로 끓지 않을 리가 없다. 이유 있는 한정판 마케팅의 승리! 든든하게 맛있는 곳이다.

고개를 돌리면 보이는, 한쪽 벽에 걸린 시가 재밌다.

춘보 어머니는 이북 출신 그러니까 어머니 만두는 이북 만두

만두를 많이 빚은 어머니 손은 만두손

어머니만큼 만두를 빚은 춘보 손도 만두손

(후략)

아무래도 이 시의 저자는 춘보만두와 각별한 사이일 것이다. 아무래도 주인아저씨 어머님이 이북 분이시고, 그분께서 전수한 만두 기술인가 보다.

그렇다면 왜 '춘보'만두일까? 정답은 시에서도 찾을 수 있었고, 영수증에서도 알 수 있었다. 가게 간판을 보니, 내가 기대한 것처럼 봄 춘 자가 아니라 사람 이름 '춘(暙)'에 보배 '보(寶)'다. 한자가 짧아서 '춘보'가 사람 이름인 줄 몰랐는데, 영

수증을 보니 주인아저씨 성함이었다. 이곳 역시 당신 이름 걸고 음식 내는 가게였던 거다.

든든하게 맛있는 만둣국집 춘보만두. 여유롭게 만둣국을 즐기고 싶다면 가게 문을 여는 11시에 맞춰 가는 것이 좋겠다. 직장 다니는 분들은 토요일에 가는 것도 방법이다. 모두 맛있는 만둣국을 즐기는 행운을 누리시길.

춘보만두

서울특별시 노원구 섬밭로 56 송정빌딩.
태릉입구역 3번 출구로 나와 공릉 국수 거리 쪽으로 쭈욱 가다. 국수 거리 간판을 보고 오른편으로 꺾어 걸어오면 춘보만두를 만날 수 있다.
매일 11:00~14:00.
명절, 일요일 휴무.

수많은 메뉴 중 우뚝 선 만두

만두는, 최소한 근대 이후에는 한·중·일에서 늘 서민의 곁에 있어온 음식이다. 동네 시장통에는 어김없이 만두 찌는 하얀 김이 오르는 만둣집이 있다.

숙대 앞에 '구복만두'라는 이름의 유명한 중화식 만둣집이 있는데, 만두에 깃든 의미를 그대로 가져다가 상호로 쓴 집이다. 만두소를 포옥 만두피로 싸서 먹는 음식인 만두를, 중국에서는 복을 꼭꼭 눌러 싼 복주머니에 비유하곤 한단다. 서민들 행복이라고 해봐야 뭐가 있었을까. 삼삼오오 둘러앉아 만두 빚어서, 뜨거워도 후아후아 김 내보내며 한입 가득 욱여넣고 먹는 게 낙이리라. 그렇게 복을 싸서 먹는 음식이니, 내 마음도 든든해진다.

이리 서민 타령을 하는 게, 이번에 소개할 만둣집이 정말 서민들이 사는 동네에 있어서 그렇다. '곰만두김밥한식'이라는 가게다. 장황하고 뭔가 다듬어지지 않은, 사장님 하고 싶은 말 다 집어넣은 것 같은 상호다. 나는 1) 만두가 맛있고, 2) 술도 파는데, 3) 심지어 24시간 하는 집이라고 해서 대뜸 찾아갔다. 그러다 주춤, 만두만 전문적으로 하는 곳으로 가야 하는 거 아닌가 하다가 '에이~ 전문이 따로 있나, 맛있게 만들면 만두 맛집이지.' 하는 생각으로 날아간 길이다.

만둣집이 있는 중화동은 우리 옆 동네인데, 아주 낯설다. 대낮이라 아직 문을 연 가게도 많지 않고 오가는 사람도 뜸하건만, 왠지 펄떡이는 에너지가 느껴진다. 차에서 내려 좀 더 돌아다니며 사진을 찍고 싶은 특이한 동네였다. 바로 중랑역 주변이다. 기름기 줄줄 흐르는 고깃집, 꼬칫집, 순댓국집 등 온갖 음식점이 몰려 있다. 지금이야 코로나19 때문에 잠

잠한 것이겠지만, 날이 어둑어둑해지면 번쩍번쩍 불야성을 이룰 것 같다. 세련되기보다는 투박하고, 얌전한 척하기보다는 우악스러운 동네다.

가게는 간판부터 파란색, 문 앞에 설치된 햇볕에 색이 바래 어떤 커피를 골라야 할지 글자도 안 보이는 자판기를 보아 하니 한두 해 장사한 곳 같지는 않다.

가게 이름부터 만두, 김밥, 한식이 모두 들어 있는데, 역시 김밥천국 못지않게 많은 이 메뉴들 속에서 과연 만두 맛이 살아남을 수 있을지 의문이었다. 심지어 이 집은 소주, 맥주, 주류를 갖춘 데다 북엇국, 올갱이해장국까지 전형적인 '술집' 품목까지 갖추고 있다.

걱정 반 기대 반의 마음으로 주문을 하려는데, 아주머니 가 두 손으로 고이 그릇을 들고 국물을 먼저 내준다. 국숫집 을 가든 분식집을 가든 뜨끈하게 국물 하나 내주면 참 좋다. 어묵에다 무만 넣어 끓인 것이든 멸치나 고기 우려낸 것이든 모두 좋다. 뜨거운 육수를 좋아해서 음식 나오기 전에 서너 컵은 마셔버린다. 이곳 아주머니가 내준 국물은 콩나물 육수 다. 이것이 곰만두김밥'한식'의 위엄일 터다. 찌개나 국물 요

만두 여덟 개에 4,000원. 만두 한 접시 시켜서 소주 한 병 시원한 것 옆에 놓고,
말 잘 통하는 사람 한 명 불러내 두런두런 이야기 나누며 함께 먹으면 좋겠다.

리를 만들려면 이렇게 제대로 된 국물이 한쪽에서 계속 팔팔 끓고 있어야 할 테니 말이다.

드디어 만두가 나왔다. 벽 한쪽을 빼곡히 채운 수십 가지 메뉴로 손님을 맞는 곳이라서 걱정했는데, 보니까 손으로 직접 빚은 만두다. 이 많은 종류의 음식을 만들어야 한다는 부담감(?) 속에서 만두피까지 직접 밀어서 정성스럽게 빚어 내주셨다. 냉장고를 보니 고기만두, 김치만두 따로 한두 쟁반이 미리 빚어져 보관하고 있다.

고기만두와 김치만두가 따로 있지만, 고기만두에도 김치가 들어 있는데, 지금까지 먹어본 만두 중 김치 맛이 제일 강하고 김치 특유의 감칠맛도 살아 있다. 또한 만두소에 당면과 다진 파가 들어 있다. 설렁탕에 든 것이든 잡채로 삶아냈든 일단 당면이면 다 좋아하는 나는, 이 소박한 맛이 참 마음에 들었다.

만두 여덟 개에 4,000원. 아직 저녁이 안 되었더라도 만두 한 접시 시켜서 소주 한 병 시원한 것 옆에 놓고 혼자 먹다가, 좀 심심해지면 말 잘 통하는 사람 한 명 불러내 두런두런 이야기 나누며 함께 먹으면 좋겠다. 그동안 나 살아온 애기 설명 안 늘어놔도 빤히 다 아는, 그런 편한 사람 말이다. 한 번 앉으면 만두가 다 식어버릴 때까지 수다를 떨고, 아주 적당한 때 나보다 선수 쳐서 "우리 국물로 뭐 하나 시킬까?" 하는 센스를 가진 사람이면 더더욱 좋겠다.

나는 집에서 좀만 덜그럭거리면 만들어 먹을 수 있는 음식이 김치찌개라는 생각이 들어 밖에서는 김치찌개를 잘 사 먹지 않는다. 하지만 여기에서는 만두 다음 메뉴로 돼지고기 김치찌개를 주문할 것 같다. 만두소에 잘게 들어간 김치 맛이 아주 좋아, 김치찌개에 쓰이는 김치도 보나 마나 맛있을 것 같아서 말이다. 김치뿐 아니다. 요리조리 살펴보며 만두를 먹는 동안 다른 메뉴도 맛보고 싶은 마음이 들었다.

계산하면서 주인아저씨께 말을 건네봤다.

"만두 맛있어요."

"26년째 하고 있는 가겝니다. 이 자리서 쭈욱 해온 거예요."

무뚝뚝해 보이던 아저씨, 갑자기 가게에 대한 자부심을 드러내며 얼굴 표정이 풀어진다. 이럴 때는 딱 자리 잡고 앉아서 사장님 이야기를 들어주면 좋아하시는데.

"저희 오래된 가게예요."

옆에서 김밥을 말던 젊은 여자분이 맑은 목소리로 거든다. 따님인 줄 알았는데 며느님이란다. 이 상냥한 며느님이 홀에서 김밥을 말면서 손님맞이를 총괄하시는 것 같다.

"저희 만두는 매일매일 손으로 직접 만들어요. 진짜 매일 만들어요. 제일 잘 나가요."

아저씨 손을 보니 수많은 역사가 묻어 있다. 많은 이야기를 해주는 손이다. 일요일 브런치로 훌륭한 만두를 먹고 돌아왔다.

곰만두김밥한식

서울특별시 중랑구 망우로 219.
중랑역 3번 출구에서 104미터 거리에 있다.
24시간 영업.

중국풍 만두,
그러나 근사한 한국의 맛

이 책에서 소개하는 만둣집은 지극히 내 입맛과 편견 안에서 선정되는데, 그 첫 번째 조건이 바로 '중화 만두가 아닐 것'이다. 중국식 군만두는 구웠다기보다는 튀긴 만두다. 넉넉한 기름에 만두를 퐁당 빠뜨려 튀겨내는 만두인데, 고기와 기름의 감칠맛 그리고 무엇보다도 특유의 향신료, 생강 혹은 고수 맛이 나는 중국 향신료의 풍미와 잘 어울리는지라 한국인도 무척 즐긴다.

그런데 왜 나는 그분들의 노고를 알면서도 중화 만두를 제외시켰는가! 아무래도 그 중국 음식에 들어간 향신료를 촌스러운 내가 소화하지 못하는 것 같다. 몇 년 전 더운 여름날, 연남동의 한 중국집에서 튀김만두니 꿔바로우니 이것저것 많이 시켜 먹은 적이 있었는데, 식당의 청결 상태가 좋지 않아 심리적으로 위축된 데다 향신료 냄새에 놀라는 바람에 체한 적이 있었다. 결론은 간단하다. 내가 안 좋아하는 것이라서!

"날씨가 상냥해졌다."는 표현을 조금 전에 읽었다. 3월을 맞이한 오늘 날씨가 딱 그렇다. 날씨도 상냥하게 구는 틈을 타서 사무실을 박차고 나왔다. 그렇게 간 곳이 회기동 '봉이만두'. 사무실에서 차로 15~20분이면 당도하는 곳이다.

봉이만두는 부추만두로 유명한 곳이다. 몇 년 전 회기동의 유명한 중국집 '경발원'에서 진하게 한잔한 후 집에 가면서, 예전부터 여기 만두가 맛있다는 이야기를 들은지라 일부러 들러 만두를 포장해 간 기억이 있다. 그때 날카로운 첫 만두의 기억은 '헛! 중국 만두 같다!'였다. 집에 가니 만두의 뜨거운 김이 다 빠져 미지근한데다 한 입 베어 물으니 육즙이 뚝

떨어지는데, 과음한 뒤라 그런지 혹은 칼칼한 맛을 좋아해서 그런지 썩 맛있게 느껴지지 않았다.

그래도 만두 좋아하는 사람인데, 한 번은 더 도전한다. 봉이만두는 오래전부터 꽤 유명한 만둣집인데, 가게를 확장하지 않은 듯했다. 테이블은 내가 앉은 곳까지 모두 네 개. 주방에서 아주머니 한 분이 만두를 찌고, 굽고, 재빠르게 라면도 끓이면서 드문드문 들어오는 손님에게 음식을 내주기까지 한다. 아무래도 코로나19의 영향인지, 점심시간인데도 가게가 텅 비었다.

만두를 기다리면서 먼저 단무지를 먹어본다. 나는 단무지를 좋아한다. 샛노란 공장 단무지도 마다하지 않고, 술안주로도 놓고 먹는다. 뭐니 뭐니 해도 만두에는 김치보다 단무지가 제격이지 않을까. 간장에 식초와 고춧가루를 타서 미리 준비해두었다. 예전 평양식 만두를 배우던 만두 교실에서 들은 이야기인데, 몇 십 년 전만 해도 북한 사람들은 만두를 간장에 찍어 먹지 않았다고 한다. 검은색 홍초에다 마늘 간 것을 섞어서 찍어 먹었다는 것이다. 그렇게 먹던 북한 사람들이 남으로 피난 와서 만두를 빚어 먹으니 만두 문화에 익숙하지 않았던 이남 사람들이 어깨너머로 슬쩍 보고, "어? 간장 아이가?" 하면서 만두를 간장에 찍어 먹기 시작했다는 것이다. 실제로 간 마늘 넣은 식초에 심심하기까지 한 하얀 이북식 만두를 적셔 먹으면 맛이 기가 막히다.

나는 김치만두와 고기만두를 주문했다. 이 집이 워낙 군만두로 유명하지만, 오늘은 생략했다. 역시 만두 하면 투명한 만두피. 테이블 위로 여덟 개의, 투명하게 소가 비치는 만두가 펼쳐지자 나는 참을성을 잃고 김치만두 하나를 덥석 잡아 물었다. 그리고 내가 처음 먹었을 때 중화 만두 같다고 느끼게 한 향의 정체를 알았다. 바로 표고버섯이었다. 표고버섯이 중국식 만두의 풍성하고 묵직한 맛을 내준다. 봉이만두 주인장의 부추에 대한 꽉 찬 자부심은 그 어떤 만둣집 못지않은데, 거기에 향이 강한 표고버섯까지 들어 있으니 그야말로 '향의 향연'이다. 심지어 가게에 못 박아놓으셨다. "봉이만두는 부추만두 전문점입니다."라고. 김치만두에도 어김없이 부추가 들어 있다.

김치를 버무린 고춧가루도 인상적이었다. 보통 열무김치 담글 때 쓰는 것처럼 굵게 간 붉은 고추가 배추김치에 들어

봉이만두 주인장의 부추에 대한 꽉 찬 자부심은 그 어떤 만둣집 못지않은데,
거기에 향이 강한 표고버섯까지 들어 있으니 그야말로 '향의 향연'이다.

가 칼칼한 맛을 돋운다. "아, 맛있어." 소리가 절로 나온다. 조금 전에 들어온 청년에게 라면을 끓여 내준 주방 아주머니가 천장을 보며 쉬고 계시기에 이것저것 물어보았다.

"아주머니께서 이 만두 다 빚으세요?"

"네. 제가 빚어요."

"정말 맛있어요."

아주머니는 "그래요? 맛있어요?" 하더니 신나서 주방에서 귀여운 군만두를 두 개 구워 키친타월에 싸서 가져다준다. 조리할 때 보니 분명 프라이팬에 굽는 것 같았는데, 받아 보니 완전 튀김만두다. 뜨거운 만두를 한 입 베어 물면, 군만두에서도 폭발적으로 부추 향이 훅 입 안으로 들어온다. 간장에도 찍어 먹어본다.

아주머니 외에는 일하는 분이 안 보인다.

"주인이 누구세요? 아주머님께서 처음부터 같이 만드신 건가요?"

아하, 남양주 별내 쪽에 봉이만두 2호점이 있다고 한다. 사장님은 거기에 계시고, 아주머니는 만두를 빚을 줄 아는 유일

귀여운 군만두 두 개. 조리할 때 보니

분명 프라이팬에 굽는 것 같았는데, 받아 보니 완전 튀김만두다.

한 직원이어서 이곳을 지키고 있는 거란다(나중에는 별내의 봉이 만두를 '본점'으로 승격시키셨다는 소식을 들었다). 혹시 사모님이시냐고 물으니 아니라면서 웃는다. 어이쿠, 내가 실수를…….

　상냥한 봄날, 상냥한 아주머니와 함께한 부추 향 가득한 만족스러운 한 끼, 만두 식사였다.

봉이만두

....

서울특별시 동대문구 망우로21길 36.
회기역 들어가는 길목에 역 쪽을 바라보고 가는 길. 오른편에 자리하고 있다.
매일 12:00~22:00. 만두 소진 시 마감.
일요일 휴무.

먹어도 먹어도 또 먹고 싶은
요술 만두

　'아무튼 만두'의 깃발을 내걸고 다닌 지 석 달여. 이제는 만
둣집을 다녀온 뒤 이런저런 이유로 글쓰기를 미루면 금방 숙
제가 쌓여 은근히 부담된다. 게다가 하루가 다르게 뇌세포가
솜사탕처럼 녹아버리는 느낌이라, 이제는 빽빽하게 메모해놓
지 않으면 만두를 맛있게 먹었을 때의 감흥도 잊는다. 심지어
내가 어떤 기분에서 혹은 어떤 상황에서 그 집에 갔었는지조

차 까먹기 일쑤다. 서글프지만, 메모가 필수인 시기가 드디어 찾아온 것이다. 뭐니 뭐니 해도 제일 좋은 방법은 만두를 먹고 돌아온 뒤, 바로 글을 쓰는 것. 그래서 오늘은 부랴부랴 어제 다녀온, 뜻밖의 만둣집을 소개하려고 한다.

원래는 만두를 먹으러 간 것이 아니었다. 답십리의 '성천막국수'라는 근사한 동치미 막국숫집을, 한 음악가 부부에게 소개받는 날이었다. 기타리스트와 바이올리니스트 부부. 대학교 1학년 때부터 캠퍼스 커플로, 지금까지 함께하고 있단다. 두 분은 기린(Gui Lin)이라는 팀 이름으로 활동하고 있는데, 이 귀여운 팀 이름은 기타와 바이올린에서 한 글자씩 따서 지은 것이다. 그러니 연습도 생활도 함께, 매일 같은 공간에서 지낼 것이다. 대학교 다닐 때부터 수업도 같이 듣고, 끝나면 연습도 같이 하고, 뭐든지 함께 했다고 한다. 물심양면(?)으로 서로 기대어 있는 두 분을 보면 '그물에도 걸리지 않는 바람' 같은 편안함이 한눈에 느껴진다.

딸내미 어린 시절에 아이가 음악을 하면 어떨까 하고 바이올린을 배우게 한 적이 있는데, 작은 사이즈의 바이올린에서 풀사이즈 바이올린으로 교체해서 구입할 무렵 바이올리니스

이 집은 만두를 구울 때도 작은 집게를 쓰고, 만두를 먹을 때도 테이블 옆에
가지런히 놓여 있는, 같은 크기의 집게를 쓴다. 젓가락, 숟가락은 없다.

트 유리 씨를 만났다. 그녀는 악기상에서 가져온 바이올린들 하나하나 음색을 꼼꼼히 들려주면서 마음에 드는 것을 고를 수 있게 도와주었다. 그 인연으로 이렇게 오랫동안 SNS의 친구가 되었고, 함께 막국수를 먹고 있는 것이다. 놀랍지 않은가, 사람의 인연!

이 부부와 함께 먹은 막국수는 최고였다. 이리 기분 좋게 쿰쿰하고 촌스러운 맛을 내는 동치미 국물은 처음이었다. 국물 안에 담겼던 무짠지를 고춧가루, 겨자에 팍팍 무친 반찬으로 기분 좋게 메밀 면을 한 그릇 비웠다. 그러고 나서 간 곳이 바로 군만둣집. 와, 아직도 서울에 이런 곳이 남아 있나 싶은 골목에 가게가 있었다. 이름은 '군만두의달인'.

〈생활의 달인〉이라는 TV 프로그램에 군만두 달인으로 출연한 만둣집인데, 그 후 상호를 아예 '달인'으로 바꿔 단 모양이다. 인기 프로그램에 기대 이름까지 바꿨나 싶지만, 달인의 면모는 가게 안에 있었다. 우선, 가게 자체가 깜짝 놀랄 만한 곳이다. 이 만둣집은 몇 평 되지 않는 공간에서 김치만두, 그냥 만두 딱 이 두 가지만 군만두와 포장 찐만두만 판매한다. 커다란 철판이 가게의 한가운데에 놓여 있고 그 앞에 손님이 앉아 주문하면 주인아저씨가 그 철판에 만두를 굽는다. 우리가 가게로 들어오는 것을 보고 아저씨가 느릿느릿 철판에 불을 켜니 기름 냄새가 확 풍긴다. 기름을 넉넉하게 붓고 집에서 직접 빚어 가져오신 납작한 만두를 굽기 시작한다.

원래는 부부가 함께 만두를 빚고 굽고 찌며 장사를 하는데, 어제는 아저씨만 계셨다. 이곳 답십리 현대시장에서만 35년 넘게 군만두를 팔아오셨다고 하는데, 그 긴 세월만으로도 달인이 아닐까. 매일매일 군만두와 찐만두 만드는 일을 반복하는 셈인데, 기름 냄새를 하루 종일 맡으며 이리 35년 세월을 한 가지 일만 하면 '득도'할 듯하다. 물방울로 돌을 뚫는다는 말을 어려서는 믿지 않았다. 그러나 세상 바라보는 머리가 조금 크고 나서 이런 분들을 보면 수긍이 간다.

수육과 함께 배불리 면식을 하고 왔기에 이미 배가 꽉 차 있었지만, 김치 군만두 하나와 그냥 군만두 하나씩을 시켜서 맛보기로 했다. 성천 1차, 달인 2차. 이것은 나를 안내한 음악가 부부의 코스이기도 하단다. 배가 불러 제대로 먹지 못할까 봐 내가 걱정을 했더니 성천막국수부터 온통 행복한 표정의 기타리스트 의석 씨가 이 집 만두는 다 먹어도 전혀 배부르지 않다고 장담했다. 대구 납작만두처럼 만두가 반달 모양으로 납작하고, 맛이 묘하다. 원조만두라는 이름의 그냥 만두는 당면, 양파 등이 소에 들어 있어 달짝지근하다. 단 음식을 좋아하지 않는데도 쫄깃한 만두피를 뜯어 먹는 재미가 어우러져 한입에 쏙 집어넣게 된다. 그리고 나도 모르게 끊임없이 먹게 된다.

이 집은 만두를 구울 때도 작은 집게를 쓰고, 만두를 먹을 때도 테이블 옆에 가지런히 놓여 있는, 같은 크기의 집게를 쓴다. 젓가락, 숟가락은 없다. 그 집게로 심지어 단무지도 집는다. 김치만두는 빨간 고춧가루가 만두피 밖으로 비쳐 보인다. 납작한 만두라 만두소가 토실하게 들어갈 수 없는 모양새인데도 굵직하게 간 고춧가루가 들어가서인지 꽤 칼칼하다. 만두피는 쫄깃하고 만두소는 아삭해서 오물오물 씹다 보면 어느새 만두 한 접시가 스윽 사라진다.

우리 셋이 앉아 두런두런 군만두를 먹고 있는 와중에 사람들이 계속 몰려와 만두를 사 간다. 군만두 2인분, 김치만두 2인분 이렇게 잔뜩 구워서 포장해 가는 손님이 있었는데, 1만 원 내고 2,000원 거슬러 받는다. 참으로 비현실적인 가격이 아닌가! 서울 한복판의 셈법이 아니다. 그날의 식객 부부에게 막국수를 대접받았기에, 만두는 내가 사려고 마음을 크게 먹고 왔는데, 현금만 받는단다. 원망스럽게도 내 지갑에는 현금이 없었다. 아이 용돈 주는 날이라 현금을 탈탈 털어주고 나온 까닭에, 어제는 풀코스로 대접을 받고야 말았다.

멋진 군만두와 좋은 사람들과 함께한 나날들. 답십리 현대시장 근처에는 숨어 있는 맛집이 많다. 허름하지만 정감 있는 노포들이 포진하고 있는데, 내 입맛에 딱일 듯하다. 다음에는 풀코스로 이 부부께 대접해야 할 것 같다. 막국수와 군만두 코스, 아마 그때에도 맛있을 것이다.

군만두의달인

서울특별시 동대문구 전농로2가길 13.
답십리역 4번 출구에서 508미터. 답십리 현대시장 초입 골목에 바로 있다.
매일 12:00~21:00.
연중 무휴.

채소만두의 최고봉을
맛보고 싶다면

내가 일하다가 불쑥 나가면 만두를 먹으러 가는 것임을 셰어오피스에서 함께 일하는 분들도 알게 되었다. 하루는 그중 한 분에게 만둣집을 소개받았다. 바로 사무실 근처 신내동 '노고단만두 · 칼국수'다.

"여기 만두가 고기가 별로 안 들어가고, 채소로 만들어요. 정말 맛있어요."

어려서부터 칼국수보다 라면이나 수제비를 좋아했던 나는 칼국숫집을 일부러 찾은 적이 없다. 동료가 만두가 맛있다고 소개해준 칼국숫집도, 사무실 가까이에 있는 곳이 아니라면 어쩌면 안 갔을 것이다. 별 기대 없이 아침 10시, 출근길에 들러보았다. 너무 이른 시간이라 문을 열지 않았을 것 같아 조금 걱정했는데, 부지런하게도 열려 있었다.

이곳은 메뉴가 만두와 바지락칼국수뿐이다. 꽤 넓은 가게에서 내가 첫 손님이었다. 좀 춥기도 하고, 출근하자마자 부랴부랴 첫 손님을 맞은 아주머니도 그다지 친절하지도 않아 얼른 먹어 치우고 가야겠다는 마음뿐이었다. 게다가 휴대폰은 왜 이렇게 울려대는지. 계속 업무 연락이 와서 마음도 급해졌다. 아무리 전화기가 울려도 '응, 그렇지만 지금은 밥을 먹는 시간이야. 네가 부탁한 일은 조금 이따가 처리해줄게.'라고 마음먹을 수 있는, 프리랜서가 갖춰야 할 것은 바로 이런 기개와 호방함인데, 8~9년이 지나도 영 생기지 않는다.

그렇게 조금은 시큰둥하게 앉은 자리에서 두 눈을 번쩍 뜨게 해준 것이 국물이었다. 쫑쫑 썬 파를 잔뜩 넣어 시원한 국물에 실한 바지락들이 헤엄치고 있다. 이곳에서 내는 칼국수 국물인 듯했다. 아침에 들이켜는 뜨거운 국물은 어제 음주를 안 했어도 해장하게 만들어준다. 칼칼한 맛을 좋아하는 내 입에는 좀 싱거운 듯해 조금 아쉽다. 이 국물에다 칼국수 면까지 넣어 끓인다면? 아무래도 칼국수는 내 입맛에 맞을 것 같지 않다.

국물을 들이켜고 있으니 찐만두 등판! 손으로 만든 만두 같지 않게 모양과 크기가 일정한데, 게다가 빚은 모양새가 여느 만두와 좀 다르다. 투명한 피에 알록달록한 채소의 빛깔들이 비쳐 먹음직스럽게 예쁘다. 반으로 가르면 파, 당근, 양배추, 당면, 부추, 돼지고기가 든 만두소가 얼굴을 내민다. 채소의 소박하면서 삼삼한 맛이 하얀 김과 함께 입에 가득 들어온다. 적당히 쪄낸, 푹 무르지 않은 재료의 아삭한 식감도 기분 좋게 튕겨 나온다. 간장과 함께 어우러지니 색다른 맛으로 변주된다. 별다른 기대 없이 갔다가 큰 수확을 얻었다.

계산을 하면서 만두 직접 빚으시냐 물었더니, 그렇다고 한다. 만두 빚는 분이 주인이시냐고 물었는데, 그건 아니란다. 이렇게 맛있는 만두를 일하는 아주머니들이 돌아가며 만든다고? 그럴 리 없다. 만두소의 담백함이나 만두피의 적당한

17년 근속한 장인의 만두. "채소는 많이 들어갔고, 고기는 쪼오금 들었다."고
이야기하는 모습에서 당신이 빚은 만두에 대한 자부심이 느껴진다.

두께, 또한 한 입 물었을 때 머금어지는 물기를 볼 때 특별한 비법을 가진 누군가가 분명히 이 가게에 계실 것이다.

작년 설날, 심심하다고 시작된 만두 빚기가 하루 반나절을 넘어가고 저녁 9시가 다 되어 끝났다. 눈이 쑥 들어간 채로, 찜통에서 만두를 꺼내 면 보자기에서 떼어내면서 생각했다. 만두 빚기도 운동이나 악기 다루듯 연습이 필요하다는 것. 다른 음식도 되풀이해서 만들다 보면 어느 정도 수준으로 끌어올릴 수가 있지만, 만두는 더 민감하다. 일단 만두피를 만드는 것부터가 요리 초보가 범접할 수 있는 영역이 아니다. 또한 피와 어울리게 만두소 맛을 가늠하고 간을 할 줄 알아야 하니, 어느 정도까지 만두의 질을 높이는 데는 공과 시간이 든다. 이 때문에 만두를 예쁘게 빚는 것은 둘째 문제다. 울퉁불퉁 못난이도 한 김 찌면 똑같아진다. 사람하고 똑같다. 드라마 〈오징어 게임〉처럼 잘난 사람, 못난 사람, 금수저, 흙수저 가리지 않고 같은 옷 입고 같은 공간에 모아놓으면 다를 바 없듯이. 물론 드라마에서는 삶의 곤경에 처한 사람들만 모아놓았지만 말이다.

찜기에 올릴 때도 만두와 만두 사이를 잘 떼어놓는 기술이 필요하다. 만두소에서 물이 배어 나와 만두피를 축축하게 적셔버리는 바람에 만두끼리 들러붙는다. 그래서 만두를 떼어낼 때 피가 다 찢어져 못 먹게 된 것도 기술이 없어서 생긴 내 실수였다. 맛있게 해보겠다고, 반죽에 달걀을 잔뜩 집어넣은 것도 패착이었다. 아니, 만두피를 직접 반죽하겠다고 결심한 것부터가 끝이 빤히 보이는 일이었다.

며칠이 지났다. 노고단 만둣집이 아른아른 떠올랐다. 그리고 이 집의 만두를 기획 총괄하는 능력자도 만나고 싶었다. 지척인데 못 가랴, 사무실에서 10분만 걸어가면 되는 곳인데. 점심시간을 이용해서 또 갔다. 변함없이 맛있는 찐만두가 내 앞에 펼쳐졌다.

그렇게 노고단 만둣집의 만두 장인을 만났다! 주방 앞 흰 통에 만두소가 잔뜩 들었다. 그리도 삼삼하게 떠오른 만두의 비밀 레시피가 저 안에 담겨 있을 것이라 생각하니 두근거린다. 노고단만두·칼국수는 개업한 지 20년이 넘었다고 하는데, 만두 장인께서는 지금 17년째 근속이란다. "채소는 아주 많이 들어갔고, 고기는 쪼오금 들었다."고 이야기하는 모습에서 당신이 빚은 만두에 대한 자부심이 느껴진다.

내가 찰칵찰칵 사진 찍어가며 맛있고 행복하게 만두를 먹고 있으니 어느새 만두 장인 아주머니께서 슬쩍 다가와 간장에 요 고추지를 좀 넣어보라고 알려주셨다. 원래 칼국수에 넣어서 먹는 빨간 고추인데, 간장에 넣어서 만두를 찍어 먹으면 또 별미라고 귀띔한다.

이제는 사람보다 먹을 것이 삼삼하게 그리우니, 삶의 이런 안정감도 꽤 마음에 든다. 먹을 것이 떠오르면 어떻게든 찾아가서 비슷한 것이라도 구해 먹을 수 있지만, 보고 싶은 사람이 자꾸 떠오르는데도 만날 수 없으면 내 마음 갈 곳을 잃으니.

노고단만두 · 칼국수

서울특별시 중랑구 봉화산로56길 1.
신내역 1번 출구에서 800미터 거리에 있고, 주차 공간도 매우 넓다.
매일 10:30~22:00.
연중 무휴.

인생은 실전,
매운맛이란 무엇인가

나는 음식에 대해서는 '적당히'가 안 되는 사람이다. 커피도 진하게 샷 추가, 술도 얼음 안 타고 스트레이트, 그것도 코가 비뚤어질 때까지, 채소도 먹기로 했으면 한 바구니, 김치도 한 끼에 4분의 1포기는 먹는다. 커다란 배추김치를 제대로 자르지도 않고 입으로 욱여넣고 있으면 신기하다는 표정으로 "맵지 않아?"라고 묻는 사람도 있지만, 어지간한 김치는 전혀 맵지 않았다. 기분 좋은 매운맛일 뿐이다. 예전에 친구들이 엽기떡볶이 같은 매운 음식을 먹고 나면 어김없이 탈이 난다고 했는데, 그게 뭔지 몰랐다. 그리고 술을 마시거나 매운 것을 먹으면 속이 쓰리다고 하는데, 그게 울렁거리는 느낌을 이야기하는 줄로만 알았다. 그러다가 2020년 4월! 드디어 진정한 매운맛을 알게 되었다.

천호동 '엄마손만두'. 이곳은 내가 맵고 칼칼한 김치만두를 무척 좋아한다는 것을 아는 지인이 소개해준 곳이다. 문을 열고 들어가니 한쪽에서 젊은 여성이 떡국 떡을 일일이 손으로 떼어내고 있고, 다른 한쪽에서는 무표정한 아저씨가 만두를 빚고 있었다. 지금 이 장소로 옮긴 지 1년밖에 되지 않았다고 하는데, 인테리어와 외부 간판은 새것 느낌이 물씬 난다.

이 집은 김치만두만 파는데, '보통 매운맛'과 '아주 매운맛'으로 나뉘어 있다. 만둣집의 만두 메뉴가 매운 정도로 분류된 것은 처음 보는데, 참 독특하다. 아저씨가 한쪽에서 빚고 계신 만두를 보니, 만두피가 하얗고 예쁘다. 만두피가 하얘 만만하게 본 것은 아니었다. 나는 매운맛에 강하니까. 망설일 이유 없이 '아주 매운맛' 만둣국을 주문했다. 정말 많이 매운데, 괜찮겠냐고 다시 물으신다. "아우, 괜찮습니다. 저는 매운 것 잘 먹어요." 아주 매운 만두는 반달 모양이고, 보통 맛 만두는 뒷짐 진 동그란 모양이다.

겁을 제대로 상실한 채 엄마손만두의 대표선수인 '아주 매운맛' 만둣국을 받아 들었다. 멸치와 디포리로 낸 육수로 국물을 만들었다고 하는데, 묵직한 사골 육수도 좋지만 이렇게 잔치국수 끓이듯 멸치 육수로 잡아도 국물이 시원하다. 멸치 향이 앞에서 후욱 끼치지만, 확실히 디포리를 함께 넣어서 국물 뒷맛도 단단하고 풍부하다.

이제 만두를 한 입 베어 문다. 만두를 숟가락으로 반 갈라 속을 보니 어마어마한 양의 배추김치가 들어 있다. 씹으면 아그작아그작 소리가 날 정도로. 그에 이어 나를 반기는 매운 맛. 정말 너무너무 맵다. 신기한 것은 그것이 질척한 매운맛이 아닌, 뒤끝 없는 욕쟁이 할머니처럼 맵다는 점. 불같이 매웠다가 사라지는 상쾌한 맛이다. 그러나 만만히 볼 것이 아니다. 만두 자체가 매우니 단무지는 물론 고춧가루로 버무린 깍두기까지 잔뜩 먹으며 입을 달래게 되었다. 강렬하게 매운 맛에서 잠시 쉬는 탈출구가 되어버린 반찬들. 두 번째 만두를 입 안에 넣었다. 이젠 정신까지 혼미해진다. 그 맛있는 국물을 숟가락으로 떠서 입에 넣으면 고통스럽기까지 하다. 그런데 손은 세 번째 만두를 반으로 가르고 있다. 급기야 눈물, 콧물이 펑펑 흐른다. "살려주세요!" 소리가 절로 나온다. 반백 살 다 되어 알게 되었다. 매운 것을 못 먹는 이들의 상태와 심경을.

땀과 눈물로 범벅이 되어 만둣국 완식을 포기했다. 울면서 찐만두 하나를 보통 맛으로 주문했다. 엄청난 매운맛에 얻어맞아 만두 맛을 제대로 음미하지 못한 것이 못내 억울했기 때문이다. 이 두꺼운 만두피 안에 어떤 고춧가루를 쓰기에 채찍에 맞듯 이리 매운 것일까? 메뉴에 떡국이 있는데, 만둣국에도 떡이 들어 있다. 떡도 맛이 제법 괜찮다. 그런데 이 어마어마하게 매운 만두에 백기를 들고 저 수많은 떡들을 국물 속에 고스란히 남겨놓고 나와야 했다.

냅킨을 꺼내 눈물 닦고 콧물 닦으며 나가려는데, 엄마와 아들로 보이는 손님이 들어온다.

"여기 떡 많이, 매운 만둣국 하나랑요, 보통 만둣국 하나랑요, 접시만두 매운 것 하나, 보통 맛 하나 주세요."

만두소에 든 게 다진 김치가 아니라 그냥 김치인가 할 정도로 크다.
그 호방함에 웃음이 날 정도다. 주인장의 이 의도된 성의 없음(?)이
만두 식감의 비결이라면 비결이다.

만둣국 2인분에 접시만두 2인분? 그것도 포장해서 가져가는 게 아니라 여기서 모두 먹는다고? 듣는 나도 그렇고, 주문 받는 분도 놀라서 "네?" 하고 되묻다가 두 모자가 마스크를 벗으니 아아~ 하면서 주방에 능숙하게 주문을 넣는다. 아마 평소에도 이렇게 엄청난 양의 만두를 드시는 단골인 모양이다. 이렇게 엄마손만두에는 마니아가 많다. 매운맛에 얻어맞아도 또 먹고 싶은 어마어마한 중독감, 그것이 이 집 만두의 매력이다. 계산하면서 슬쩍 물어봤다.

"만두에 무엇을 넣길래 이렇게 맵나요?"

"제가 말씀드렸잖아요, 많이 맵다고. 저희가 받아 쓰는 고춧가루 자체가 매워요."

가게 문을 나서니 이미 매운맛이 가셨다. 상쾌하게 매운맛이다. 평소에는 매운 것을 먹으면 위가 뜨끈해지는 느낌이 좋았다. 입이 얼얼하게 아픈 것은 우유나 물을 마시면 가라앉지만, 피가 도는 듯 몸을 덥혀준 따끈함은 기분 좋게 오래간다. 다시 작업실로 돌아오는 길에도 그 따스함이 느껴졌다. 그러다가 점점…… 배에 핫팩 올려놓았다가 시간 지나면 "앗, 뜨거!" 하고 저온화상을 입듯 위장이 뜨끈하다 못해 활활 타오르기 시작했다.

이제 나도 '매운 것을 못 먹는 몸'이 되었다. 이는 엄마손만두의 매운맛 때문은 아닐 터다. 먹는 사람마다 이렇게 탈이 난다면 이 만둣집이 어떻게 버틸 수 있을까. 더 센 것, 더 매운 것, 더 진한 것만 찾아대며 뾰족했던 내 몸이 오랜 세월 이어진 풍화 작용에 의해서 점점 미지근하게, 둥글둥글하게, 밍밍하게 변해가는 중이다. 결국은 태어나서 처음으로, 매운 것 먹고 나서 위장약을 먹는 상황이 벌어졌다.

결국 포장해온 보통 맛 찐만두는 하루 지나 다음 날 아침에 맛보게 되었다. 엄마손만두 보통 맛을 먹다가 깜짝 놀랐다. 한눈에 보아도 대담한 김치 소에 '에잇! 배추 다지기 싫엇! 어차피 먹는 사람이 씹을 것 내가 왜 다져!'라는 기세가 배어 있다. 만두소에 든 게 다진 김치가 아니라 그냥 김치인가 할 정도로 크다. 그 호방함에 웃음이 닐 징도다. 주인징의 이 의도된 성의 없음(?)이 만두의 아삭한 식감의 비결이라면 비결이다. 또 하나! 만두피에서 맛있는 호빵 냄새가 난다. 신선하게 발효된 밀가루 반죽 특유의 향일 것이다. 만두피가 두꺼워서 호불호가 있겠으나, 쫄깃하고 간이 적당해서 입이 즐겁다.

배추김치가 촘촘 썰려서 잔뜩 들어 있고, 아삭한 배추의 식감이 두꺼운 만두피의 부드러운 떡과 같은 식감과 조화를 이룬다. 심지어 하루 지난 만두라 차가운데도 좋았다. 늘 주장하는 바이지만, 만두와 커피는 식었을 때 그 진가를 발휘한다. 식었을 때 맛있는 만두, 차가워도 맛있는 커피가 진짜 맛있다.

진정 '맛있게 매운' 맛에 도전하고픈 분들은 엄마손만두 앞으로! 주인아저씨가 새벽 대여섯 시에 가게로 나와 그날그날 만두를 빚는데, 만두가 떨어지면 일찍 문을 닫는 것 또한 잊으면 안 된다.

엄마손만두

서울특별시 강동구 올림픽로 683.
천호역 2번 출구에서 200미터 거리에 있다.
매일 11:30~19:00.
일요일 휴무.

주인 부부를 꼭 닮은
수줍은 만둣국

만두를 먹으러 아무리 부지런히 돌아다닌다 해도, 전성기 시절 그라운드를 누비던 박지성처럼 진국 만둣집을 빠짐없이 가보는 것은 불가능하다. 그나마 다행인 것은 만두가 북쪽에서 내려온 음식이라 내가 사는 서울·경기 지역에 만둣집이 밀도 높게 포진해 있다는 것 정도랄까.

코로나19가 여전히 기승을 떨고 있지만, 계절은 변함없이

미치도록 아름다운 날씨를 선물해준다. 그래서 지금 같은 봄, 주말이 되면 가평, 양평 가는 길은 물론, 서울을 관통하는 길도 차로 꽉꽉 들어찬다. 남양주 쪽에 맛있는 만둣국집이 있다고 해서 가볼까 하다가 포기. 그렇다면 개성 만두로 유명한 집이 있는 인사동에 가볼까 하다가 또 포기. 내비게이션에 온통 물든 빨간 길을 뚫고 갈 자신이 없었다. 토요일 오전, 맛있는 만두가 먹고 싶은데 어디가 좋을까 두리번거리던 중 머리에 번개가 친다. '아! 왜 여길 생각 못 했지?'

바로 우리 동네의 왕만두 파는 집 '미도락칼국수왕만두'다. 그 골목에 묵1동 주민센터가 있어서 자주 드나들면서도, 이 집 이름도 몰랐고 가볼 생각도 하지 않은 것이 신기하다.

그런데 가게로 들어가 자리에 앉으려고 신발을 벗다 보니 '아, 이 집이 그 집이구나!' 하고 기억이 난다. 아들 세 살 때, 녀석이 몹시 아파서 입원을 했다. 병원 간이침대에서 잠을 자고 일어나 잠깐 집에 다녀오던 일요일 아침. 병원 밥은 영 맛이 없고, 입맛 돋울 것이 없나 싶어 골목을 휘휘 둘러보다가 이 집에서 왕만두를 샀더랬다. 아, 생생하다. 하지만 하도 정신이 없을 때여서인지 당시 먹었던 왕만두 맛은 전혀 기억이

한 그릇 6,000원 받아도 되나 싶을 정도로 국물 맛이 좋다.

살짝 고릿한 것이, 직접 고아낸 육수라고 한다. 딱 시골집 맛이라서 기분이 좋아졌다.

나지 않았다. 그때 내가 한 손으로 안고, 다른 한 손으로 링거 병을 들고 주사를 맞으러 간 아기는 지금은 체중 40킬로그램에 육박하는 자이언트 초등학생이 되었다.

왕만두는 포장해 가기로 하고, 만둣국을 주문했다. 미도락은 '직접 만든'이라는 문구를 매우 강조하고 있는데, 자부심이 느껴진다. 칼국수와 만두 말고 냉면도 메뉴에 있는데, 메밀 면도 직접 빚는다고 한다.

칼국숫집답게 김치는 각자 먹을 만큼 덜어 잘라야 한다. 칼국수에 곁들이는 배추김치는 김장김치처럼 익히지 않고 양념 많은 겉절이가 대부분인데, 이 집 김치는 조금 더 가볍고 깔끔하다. 만둣국이 김을 뿜으며 내 앞에 놓여 있다. 진한 사골 국물에 만두가 열 개. 만둣국에 쓰는 만두는 크기도 모양도 왕만두와 다르다. 개성식 만두를 내는 집은 찐만두용 만두와 만둣국용 만두가 같은 것을 많이 봤는데, 미도락은 따로 빚어낸다. 한 그릇 6,000원 받아도 되나 싶을 정도로 국물 맛이 좋다. 살짝 고릿한 것이, 직접 고아낸 육수라고 한다. 딱 시골집 맛이라서 기분이 좋아졌다. 동네 가게가 푸근한 이유는 주머니 사정 신경 안 쓰고, 이리 대접받듯이 푸짐하게 먹을 수 있어서다. 정말 맛있게 먹었다. 특히 만두소의 부추가 살짝 억센 듯 느껴졌지만, 오히려 식감이 돋보여 더 좋았다.

칼국숫집에서는 만두 메뉴를 함께 내는 경우가 많다. 만두가 국물 요리와 구색이 맞아서도 그렇지만, 가장 큰 이유는 바로 반죽 때문이다. 밀가루 반죽은 인류 요리 역사에서 놀라운 발명이다. 밀을 곱게 갈아 가루로 만든 후 물을 넣어 치대면, 글루텐이 형성되면서 쫄깃쫄깃하게 뭉친다. 그것을 넓게 잡아 늘여서 가닥가닥 자르든 채를 치듯 가늘게 썰든 하여 물에 삶은 것이 국수, 뜯어서 물에 퐁당퐁당 집어넣으면 수제비, 그리고 이렇게 보자기 같은 피에 소를 감싸면 만두이니, 이 얼마나 맛있는 변주인지! 밀가루 반죽을 넓게 밀어 반대기를 지은 후 동그랗게 잘라내면 만두피, 반대기를 돌돌 말아 칼로 가늘게 썰면 칼국수 면이 되니, 칼국숫집에서 만두 메뉴를 함께 마련하는 것은 합리적인 선택일 터다.

만두를 먹고 있는 동안, 주인아주머니는 주방에서 계속 분주한데 주인아저씨는 차분하게 앉아 골똘히 뭔가를 들여다보고 있다. 손님을 맞으러 일어나기 전까지 아저씨가 보던 것은 바로 지도책! 배달을 하는 음식점이 아닌데도 복덕방처럼 커다란 동네 지도가 벽에 붙어 있는 것이 신기했는데, 아저씨는 손으로 짚으면서 지도책을 보고 있다. 차량용 내비게이션이나 구글 지도에서 간단한 터치 몇 번이면 길을 찾을 수 있는 요즘, 종이 지도책을 보는 사람이 있다니!

주인 내외께서 이곳에서 장사한 지 15년 되었다고 하는데, 이 집의 손님들은 거의 육십 대 이상이다. 내가 자리 잡고 앉으니 바로 할아버지 세 분이 들어오면서부터 늘 하시던 말씀처럼 "여, 칼국수 셋!"을 외친다. 칼국수가 나오자 세 분 모두 서로 얼굴도 안 쳐다보며 맹렬하게 드시다가 이내 한 분이 말문을 연다.

"저 누구야, 이○○이 있잖아."

"어. 왜, 뭔 일 있어? 풍 한 번 맞고 힘들었잖어."

"아니아니, 뭔 일이 있는 건 아니고. 이○○이는 말야, 속에다가 극약을 가지고 다녀요. 명대로 끝까지 사는 것도 못 볼 꼴인 거라."

"죽는 것도 힘들어. 맘대로 못 죽어. 그랬다면 난 버얼써 뒈졌지."

"글치. 그래서 극약은 가지고 다니면서도 그렇게 그걸 못

아, 도저히 안 되겠다. 한 번 더 다녀와야겠다.
왕만두가 먹고 싶어서 참을 수가 없다.

먹고 못 죽는 거야."

"사람이 건강해야 살맛 나지, 나처럼 다쳐서 장애인이 되면 그게 또 죽을 맛이요."

삶이 죽을 맛이라 괴로운 할아버지 세 분은 다시 아무 말 없이 칼국수를 맛있게 드신다. 일부러 뒤돌아보지는 않았지만, 쩝쩝 소리가 참 맛있게 들린다.

이 집에서 만두를 맛있게 먹고 돌아온 뒤, 그날의 감동을 SNS에 아낌없이 올렸다. 그랬더니 어린 시절에 오랫동안 묵동에 사셨다는 어떤 분이 믿을 만한 정보를 댓글로 남겨주셨다. 미도락의 주인 부부께서는 그 자리에서 20년 넘게 책방을 하셨는데, 책방을 하던 분이라고 상상하기 어려울 정도로 만두 맛이 좋다고 말이다.

행운이 따르는 하루였다. 숨어 있는 보석 같은 만둣집을 발견했으니 말이다. 아까 지도책을 꼼꼼히 들여다보던 아저씨는 원래 책방 주인. 책방을 접고 만두 빚는 법을 새롭게 배워 이 집을 열었을 시절, 부부의 모습이 상상된다.

아, 도저히 안 되겠다. 한 번 더 다녀와야겠다. 왕만두가 먹고 싶어서 참을 수가 없다.

미도락칼국수왕만두

서울특별시 중랑구 공릉로2길 17.

묵동삼거리에서 묵1동 주민센터 올라가는 길에 있다.

매일 10:00~21:00.

매월 1 · 3주 일요일 휴무.

자그마한 호사를 누리고 싶을 때는

나도 몰랐는데, 반골 기질이 조금 있다는 것을 뒤늦게 알게
됐다. 그래서 그런지 미슐랭 스타니 파인다이닝이니 하는 것
이 조금 불편하다. 그래서 만둣집을 다닐 때도 시장통에서 훈
김 내뿜으며 열심히 만들어 파는 집, 조금 작고 허름하지만,
손맛만은 끝내주는 집 위주로 골라 다니려고 했다. 결정적으
로, 강남 쪽의 한 만둣집 만두전골의 터무니없이(?) 비싼 가격
에 더더욱 마음을 닫아버리고 말았다. 부자들만 와서 먹으라

고 아예 판 깔아준 음식점이구나 하는 생각이 들어서 말이다. 그래도 미슐랭 음식점이 된 이유가 나름대로 있을 텐데, 다른 만둣집 한 군데라도 더 가봐야 이야기할 수 있겠다 싶은 생각에 어느 좋은 가을날 부암동으로 향했다. '자하손만두'다.

이곳은 자하손만두 박혜영 사장의 가족이 대대로 살아온 가정집을 개조해서 만든 가게다. 1993년, 사장님이 올케와 의기투합하여 친정집에 파라솔 세 개 펴놓고 등산객들에게 만두를 빚어 판 것이 시작이었다고 한다. '이북에서 내려오신 할머니가 전수해준 만두 빚는 솜씨……', 이런 스토리가 나올 것이라고 예상했는데, 의외로 젊은 사장님의 창업 1대 만둣집이었다.

이야기인즉슨 어려서부터 손이 큰 할머니 덕분에 명절마다 동네잔치처럼 음식을 했는데, 그중 단연 안방을 차지하던 음식이 만두였다고 한다. 온 가족이 둘러앉아 만두를 빚었는데, 늘 듣던 칭찬이 "만두 참 잘 빚는구나."였다는 것이다. 간판도 없이 알음알음 찾아온 손님들에게 주문받아 만두를 만들어주던 가게는 무럭무럭 커서 27년 뒤, 이렇게 '중견' 만둣집으로 자리 잡게 되었다.

사실 이곳은 대중교통으로 오가기가 조금 애매하다. 하지만, 먹어보고 맛있으면 마을버스 타고 산 넘고 물 건너 기어이 오기도 할 것 같다. 이렇게 날씨까지 배려해준다면 환상의 드라이브 코스 끝에 맛있는 식사로 마무리할 수 있는 장소일 테다. 하도 볕이 밝은지라 화면이 보이지 않아 오히려 사진도 찍기 어려울 만큼 좋은 날씨였다. 평일 낮이어서 그런지 손님도 별로 없었는데, 그래서인지 소곤소곤 이야기해야 할 정도로 조용했다.

메뉴판에 나와 있는 만두의 사진을 둘러보니 만두들이 모두 하얀색이다. 김치만두도 하얀색. 특이한 메뉴로 '엄나무 순 만두'가 눈에 띄었다. 산림청에서 근무하는 사장님 지인이 엄나무 순에 항노화, 항암 성분이 있다고 귀띔해줘서 봄에 잠깐 날 때 구해서 만들어봤다고 한다(김윤덕의 사람人—부암동 '착한 만둣집' 이야기, 《조선일보》 2011년 3월 12일). 보통 엄나무 순이라고 하면 세상 사람들이 알고 있는, 조리 방법, '삶기'에서 그칠 경우가 많은데 한 발짝 나아가 만두소로 사용할 아이디어를 냈다니 신선하다. 약간 쌉싸름한 맛이 은근히 튀는 식재료인데, 만두소로는 어떨지 궁금하다. 만두 외에도 콩국을 이용한 음식, 수육 냉채, 빈대떡 등의 메뉴도 있다. 이 집의 특징 중 하나는 일반 만둣국과 떡만둣국에 들어가는 만두가 다르다는 것이다. 떡만둣국의 만두는 알록달록한데 시금치, 당근, 비트의 즙으로 만두피 색을 냈다고 한다. 자연스러운 색깔이 참 아름답다.

또 하나 눈에 들어오는 메뉴는 편수찬국이다. 편수는 피의 네 귀를 서로 붙여 바닥이 네모난 만두를 가리키는데, 시원한 양지 국물에 내는 여름 별미라고 한다. 원래 개성에서 유명한 음식이라고 들었는데, 이번에는 먹어보지 못했다. 시원한 만둣국은 과연 어떤 맛을 내는 걸까.

모둠만두와 만둣국을 주문했다. 예쁜 색깔의 떡만둣국을 주문할까 하다가 어떤 블로그에서 만두 맛은 그냥 만둣국이 훨씬 낫다고 평한 것이 생각나 막판에 마음을 바꾼 것이다. 그런데 조금 후회가 된다. 모둠만두에 나오는 고기만두가 만둣국에 들어가는 만두와 같은 것이라 알록달록 삼색 만두에 조랭이떡까지 맛볼 기회를 놓친 것 같아서 아쉽다.

자하손만두의 또 다른 자랑은 직접 담근 간장이다. 주변 어르신들도 그렇고 친정어머니도 전통 장 담그기와는 거리가

"덜퍽지게, 화려하게 음식 하지 않는다."라고 말한 그대로의 맛이다.

담백하다는 말로는 충분하지 않다. '소박하고 꽉 찬 맛'이라는 표현이 최선이다.

먼 분이라 손수 담근 간장이 늘 나에겐 귀한 물건이다. 그러다가 지난가을, 장 가르기를 한 친구가 내게 간장을 선물해주어서 드디어 집간장을 음식에 넣을 수 있게 되었다. 넉넉히 챙겨주어서, 신나게 국이니 무침이니 만들 때 넣어보았다. 확실히 직접 달인 간장이 쓸데없는 단맛 없이 가볍고 맑고, 무엇보다 끝에 감칠맛을 남긴다. 자하손만두의 간장을 살짝 맛보니 달다. 잘 달인 간장 특유의, 짠맛에 단맛을 어우러진 그런 풍성한 맛이다.

드디어 주문한 만둣국이 나왔다. 그릇의 꽃무늬가 너무 예쁘다. 하얀색 자기 그릇이 우아한 느낌을 주는데, 그릇까지 신경 쓰는 집, 그 정성을 좋아한다. 대접받는 느낌이 들어 기분 또한 좋아진다. 예쁘고 정갈한 그릇은 '담는' 기능 외에 한 상 차려놓았을 때 '기분이 좋아지는' 기능으로 그 가치를 드러낸다. 우아한 그릇 안에 커다란 고기만두 일곱 개가 마치 한 송이 꽃인 양 가지런히 담겨 있다. 만두 위에는 잘 찢어낸 양짓살이 듬뿍, 부추인지 실파인지 모를 고명이 살짝 올라갔다. 잘 우린 양지 국물도 시원하고.

고기만두는 육즙 뚝뚝, 화려한 맛은 아니었다. 자하손만두

네 귀를 접어 만든 편수만두의 주재료는 쇠고기와 오이.

만두 안에 들어간 오이 맛이 어쩜 그리 상큼하고 쇠고기와도 잘 어울리는지.

가 언론에 꽤 소개된 편인데, 주인장이 인터뷰 때마다 매번 "덜퍽지게, 화려하게 음식 하지 않는다."라고 말한 그대로의 맛이다. 담백하다는 말로는 충분하지 않다. '소박하고 꽉 찬 맛'이라는 표현이 최선이다. 좋은 재료, 즉 부드러운 두부, 기름기 많지 않은 고기, 신선한 숙주, 삼박자가 잘 맞아떨어진 만두다.

자하손만두는 고집스레 조미료를 안 쓰는 집으로도 유명하다. 그래서 신세계백화점 식당가에 입점했지만 힘들게 버티다가 접었다고 한다. 백화점 식당은 사람들의 보편적인 입맛에 맞춰야 하는데, 그러지를 못했다기보다 처음부터 그러고 싶지 않았다고 한다.

모둠만두는 소만두, 편수만두, 고기만두, 김치만두, 이렇게 네 가지가 한 접시에 나온다. 이 중 나를 몹시 사로잡은 것이 바로 네 귀를 접어 만든 편수만두였다. 주재료는 쇠고기와 오이다. 만두 안에 들어간 오이 맛이 어쩜 그리 상큼하고 쇠고기와도 잘 어울리는지. 이 편수만두를 시원한 양지 육수에 넣은 편수찬국을 다음에는 꼭 먹어봐야겠다는 생각을 다시 해 본다. 김치만두는 흔히 보는, 쨍하게 맵고 빠알간 동네 시장 만둣집의 김치만두와는 사뭇 다르다. 점잖게 맵고 점잖게 하얗다. 김치 맛이 강하지 않지만 나름 깔끔한 맛에 또 먹어보게 되는 신기한 맛이다.

자하손만두의 만둣국은 한 그릇에 15,000원, 모둠만두 한 접시도 15,000원이다. 저렴한 가격은 아니다. 만둣국 한 그릇에 4,000원 받는 곳도 있고, 7,000원 받는 곳도 많다. 농담으로, 이 집 만둣국은 8,000원인데 정성스러운 분위기와 대접받는 기분에 7,000원을 더 얹는다고 이야기한 적이 있다. 주인장께서 이 이야기를 들으면 기분이 썩 좋지는 않겠지만, 자주 가서 먹기에는 조금 부담스러운 비싼 만둣국이다. 하지만 한 번 정도 호사를 누리고 싶다면 이곳에 와 자신을 스스로 대접해주는 것도 좋겠다. 혹은 좋은 사람에게 마음을 표현하고 싶을 때도 주저 말고 가보시길. 아이에게 점잖게 꼭 해야 할 말이 있을 때도 자하손만두로 데리고 가는 것도 좋을 듯하다. 아무래도 이 조용한 분위기에서 거친 말이 나오지는 않을 테니 말이다.

"애야, 다음 시험은 어떻게 준비하고 싶은 거니? 엄마랑 같이 이야기해볼까?"

어, 맛있는 음식 앞에 두고 이건 아닌가?

다음에 갈 때는 알록달록 떡만둣국에 편수만두 한 접시 먹고 오려고 한다. 후식으로는 자하산 산책이 좋겠다.

자하손만두

서울특별시 종로구 백석동길 12.
북악스카이웨이 입구에 있다.
매일 11:00∼21:30.
명절 전 날과 당일 휴무.

설렘을 안고 만나는,

전국 만두

슬픈 추억으로 빚었어도
맛있게 걸 어떡해

송파나 강남 쪽으로 나가는 길에 구리를 거쳐 갈 때가 있다. 그러면 박완서 선생이 돌아가시기 전까지 지냈던 동네를 지나서 워커힐호텔을 만나게 되는데, 조금 못 미친 곳에 있는 큰 만둣집이 내 눈에 들어오는 것이다. 일을 마치고 돌아오는 길에 주저하지 않고 그 집을 들렀다.

이름이 '묘향만두'다. 창업자 김영숙 씨는 1980년에 조그만 만둣집으로 시작했는데, 36년 동안 착실히 규모를 키워 2016년에 지금의 커다랗고 넉넉한 건물을 지어 이전했다고 한다. 운동장 같은 주차장에 한꺼번에 100명의 손님도 받을 수 있는 공간이다. 게다가 바로 앞으로 한강이 보이는 아차산 자락이다.

입구에 들어서면 커다란 메뉴판이 보이는데, 손만둣국과 찐만두의 가격이 같다. 보통은 만둣국의 가격을 조금 더 높게 매기는데, 특이했다. 오이소박이 국수가 눈에 띄어 찐만두랑 먹어볼까 하고 흔들렸다가 마음을 고쳐먹었다. '그래, 국수는 나중에 와서 먹어보자.'

가게 1층은 주차 공간이고, 위층으로 올라오면 널찍한 공간이 펼쳐진다. 그런데 2층으로 올라와서 가게에 들어서자마자 마음이 쿵 내려앉았으니……. 머릿속 필름이 세차게 뒤로, 또 뒤로 되돌아간다. 예전에 이곳에서 국수를 먹은 적이 있었다.

3년 전, 아들과 함께 1박 2일 여행을 떠나던 길이었다. 그때는 아이가 어리기도 하거니와 너무 산만해서 다루기 어려운 악동으로만 생각하고 있었다. 이날도 아이와 단둘만의 1박 여행을 무사히 다녀올 수 있을까 잔뜩 긴장한 상태였다. 그때는 운동선수가 근육을 단련하듯 아이와 내가 서로 극기(?)를 통해 단련되어야 한다고 생각하던 시절이라, 1차 관문으로 '얌전히 밥 먹기'를 택했다.

"음식점에서는 얌전히 앉아서 먹는 거야. 자, 보자. 다른 사람들도 자리에 앉아서 먹고 있지?" 신신당부하고 들어간 집이 바로 이 묘향만두였다. 자리를 잡고, 오이소박이 국수와 만둣국 그리고 국에 밥 말아서 아이에게 주려고 공깃밥까지 주문했던 기억이 난다.

슬픈 예감은 틀린 적이 없다. 아이는 처음에는 조금 앉아 있는 것 같더니 과하게 넓고 밝은, 생소한 공간을 견디지 못하고 악을 쓰기 시작했고, 끝내 홀 바닥에 누웠다. 진작에 나와 있는 음식은 점점 식어갔고, 나는 자빠져 있는 아이를 힘으로 끌어다 다시 앉히려 안간힘을 썼다. 그저 여기서 끝내고 나갔으면 이곳을 슬그머니 잊었을지도 모른다. 힐끗힐끗 이쪽을 쳐다보는 손님들의 눈길을 느끼며 땀을 뻘뻘 흘리고 있는데, 전화가 왔다.

여행 한 달 전쯤, 1박 2일 병원에 입원해서 아이의 자폐성 발달장애 검사를 세밀하게 받았다. 어느 순간 언어 발달이 멈

쳤고, 나는 그저 아이가 입을 닫은 원인이라도 알고 싶었다. 마음이 급해서, 아이를 잡아끌며 우리 아이 결과가 어떠냐고 물었다. 그러나 병원에서는 그저 건조하게 접수하고 의사와 상담하라고만 한다. 전화를 끊고 나서 바닥을 보니 검사 결과는 뭐, 만둣집 바닥에 누워 있는 아들 녀석이 잘 보여주고 있었지. 얘는 내가 단순히 생각해온 것처럼 평범한 악동은 아닌 것 같았다. 그 뒤로 지금까지 아들을 데리고 음식점에 간 적이 없다. 한 번도.

기본 찬이 나왔다. 물김치의 열무가 참 달고 맛있다. 섞박지는 조금 물렀지만 먹을 만하다. 나는 입구의 메뉴판을 보고 마음먹은 대로 뚝배기만두와 찐만두를 주문했다. 많은 양이지만 남으면 포장해 갈 생각이었다. 뚝배기만두는 순두부찌개와 같은 양념을 쓰는데, 바특한 국물에 만두를 넣고 사정없이 으깨어 내놓는 음식이다. 음식의 모양과 냄새만 봐도 예상이 되는 맛이지만, 한 번도 먹어본 적이 없어서 먹어보기로 했다.

얼마 전 박찬일 요리사의 짧은 강의를 유튜브로 들은 적이 있는데, 거기에서 재미난 이야기를 하나 건졌다. 전 세계 어느 나라도 음식을 이렇게 뜨겁게 만들어 먹는 곳이 없다는 것이다. 따끈하다면 서양의 수프 정도? 세상 어디에서도 부글부글 끓고 있는 뚝배기를 집게로 집어서 내오는 경우는 없다. 충분히 손으로 그릇을 들어서 식탁에 낼 수 있을 정도의 온도로 음식을 만들어 낸다. 그러나 한국인은 찌개나 국을 먹다가도 미지근해지면 "에이~ 이거 맛없어졌다." 하면서 한 번 더 끓여줄 수 있냐고 부탁도 한다. 한국인치고 국물 떠먹다가 입천장 안 까져본 사람은 아마 없을 것이다.

나 역시 입천장을 데어가며 호호 불어 맛있게 먹었다. 물론 만두 본연의 맛보다는 빨간 국물에 채소와 두부 등 조연과의 조화를 느끼면서 뚝딱, 한 뚝배기 했다. 공깃밥도 함께 나오는데, 뚝배기에 말면 밥알이 불어서 경상도 사람들 추억의 음식이라는 갱시기죽, 갱죽과도 같은 비주얼과 식감으로 포만감을 느낄 수 있다. 아, 차가운 소주 한 잔 쫄쫄 따라서 마셨으면!

드디어 만두가 나왔다. 만두의 참맛을 보려면 군만두도, 물만두도 아닌 찐만두를 먹어야 한다고 생각한다. 국물이나 고

뚝배기만두는 순두부찌개와 같은 양념을 쓰는데,
바특한 국물에 만두를 넣고 사정없이 으깨어 내놓는 음식이다.

명 같은 조연의 영향을 받지 않고 제맛을 내는 만두의 정통성은 바로 찐만두에 있다는 게 내 소신이다. 이것이 거하게 뚝배기만두를 먹으면서도 하얗게 쪄낸 찐만두를 또 주문하는 이유다. 이곳의 만두는 커다란 왕만두를 빚어 한 번 허리를 꺾어 접어서 만들기 때문에 가운데에 구멍이 생긴다. 그 구멍에 간장을 쪼로로 따라서 먹는 사람들도 있는데, 나는 과감히 푹 찍어 먹었다. 이 간장도 이 집 별미다.

밖에 걸린 간판처럼, 이 집은 국숫집이 아닌 만둣집이다. 두부 맛이 많이 나는 담백한 이북식 만두다. 두부, 숙주, 고기가 주재료로, 크고 투박하게 만든 평양만두에 가깝다. 개성만두는 본디 호박, 양파 등의 채소를 많이 넣어서 깔끔한 뒷맛을 남기고 생김새도 평양만두보다 더 작고 올망졸망하다고는 하는데, 사실 별 차이가 없어졌다. 북에서 내려온 지 벌써 70년이 넘어가는 만두들의 정체성이 뒤섞인 것도 그렇고, 지역색을 강하게 띠는 집만두가 아닌 이상 이렇게 '만두 가게'에서 손님들의 입맛에 맞춰 내는 세월이 오래되었으니 현지화된 것도 그 이유일 것이다.

묘향만두에서 호젓하게 만두를 먹는데 자꾸 아이랑 여행

하던 그날이 떠올라서 마음 한켠이 서늘해졌다. 진땀을 흘리며 애를 질질 끌어다 앉히면서, 나온 음식도 제대로 먹지 못하고 쫓기듯 나갔던 그날과 달리, 혼자 여유롭게 만두 맛을 보고 있는데도, 자꾸 저쪽에 누워 있는 아들이 보였다.

아들은 또래 친구들과 마찬가지로 계속 발전하고 있고, '느린 길'이 아닌 '다른 길'로 가고 있다. 나중에 커서 아이가 말을 더 잘하게 되면 물어봐야겠다. 왜 갑자기 말문을 닫았는지, 그리고 자신이 하얀 만두처럼 예쁘게 생긴 것은 알고 있는지.

묘향만두

경기도 구리시 아차산로 63.
강을 끼고, 구리에서 워커힐호텔 쪽으로 가다 보면 오른쪽에 보인다. 주차 공간도 넉넉하다.
매일 9:30~21:00.
월요일 휴무.

하얀 김 모락모락,
한국 만두란 이런 것이다!

바다가 있어서 그런가, 스무 살 무렵부터 속초를 참 좋아했
다. 서울-춘천 간 고속도로가 뚫리기 전 한계령, 미시령을 빙
글빙글 돌아 다섯 시간 버스 타고라도 찾아가던 곳이었다. 특
히 추운 겨울, 속초의 바다! 파랗다 못해 시커먼 파도를 가만
히 쳐다보고 있으면 추운지도, 시간이 가는지도 몰랐다. 속초
에 왔으니 이 지역의 만두를 살피지 않을 수 없다. 검색도 해

보고, 속초가 고향인 친구에게도 물어봤다. 그들의 대답은 단연코 이곳으로 수렴됐다.

"이정숙 만둣집 가봐."

1968년 10월 24일 속초 청호동 아바이마을에 큰 해일이 닥쳤다고 한다. 주민들은 하루아침에 '이재민'이 되어버렸다. 정부가 그 물난리에 세운 대책은 속초해수욕장 남문 근처에 이재민들의 터를 마련해주는 것이었다. 두 달 만에 이들의 생활터는 지금의 '새마을'이 되었다. 어른 아이 할 것 없이 다시 일어서기 위해 삶의 새 터를 일궜다고 한다. 그래서 '새마을'이라 이름 지었을까? 여하튼 이들 속초 주민과 벌써 40년 넘게 함께하는 이름이 되었다.

이곳에는 나 어렸을 때 살던 집의 대문처럼 생긴 것이 그대로 남아 있다. 대문에 아직도 '개 조심' 팻말이 붙어 있다. 1970년대에는 저녁 어스름해지면, '카시미론'집에 동네 사람들 모여서 〈아씨〉, 〈수사반장〉, 〈여로〉, 〈전우〉 같은, 내 기억에도 아스라한 드라마를 봤단다. 카시미론집이란 솜도 틀어주고 이불도 지어 파는 곳이었는데, 그곳에 텔레비전이 있었나 보다. 말하자면 동네 영화관 같은 곳이었다.

내가 어렸을 때도 친구들이 동네 골목길에서 놀다가 누구네 엄마가 "○○야!" 하고 부르면 우르르 몰려가서 〈요술 공주 세리〉, 〈말괄량이 삐삐〉 같은 어린이 프로그램을 보고 집으로 돌아왔더랬다. 친구네 집에서 한창 재미나게 텔레비전을 보고 있는데 부엌에서 카레 냄새가 나면, 아주 운이 좋은 날! 조금만 더 버티고 있으면 걔네 엄마가 밥상을 들고 들어와 카레 먹고 가라며 김 모락모락 나는 흰 밥을 떠주시기도 했다. 카레가 귀한 시절이었다. 얼마나 신이 났던지.

새마을로 옮겨 와서 허허벌판 아무것도 없을 때부터 이정숙 씨가 이 만둣집을 하셨다는 이야기를 어느 기사에서 읽었다. 마을의 역사와 함께하는 가게다. 이 만둣집 앞에 가면, 찜통에서 오르는 김 사이로 나는 호빵 냄새가 너무너무 좋다. 잘 발효된 반죽에서만 나는 신선한 효모 냄새! 그 냄새를 흠뻑 머금고 하얀 김이 모락모락 오르고 있다. 나는 시장통 만둣집에서 찜통 위로 모락모락 올라오는 김이 한국 만두를 대표하는 이미지라고 생각하는데, 딱 이 집에서 만날 수 있는

이 만둣집 앞에 가면, 찜통에서 오르는 김 사이로

나는 호빵 냄새가 너무너무 좋다. 잘 발효된 반죽에서만 나는 신선한 효모 냄새!

모습이다. 이 집의 만두와 찐빵은 모두 1,000원이다. 한 손 가득한 크기의 왕만두와 왕찐빵이다. 작은 만두는 여덟 개 한 판에 5,000원이다. 주문하면 유리 진열장에서 만두를 꺼내서 쪄준다. 왕만두나 왕찐빵은 내내 찌고 있기에 바로 가져갈 수 있다.

드디어 만두가 다 쪄졌다. 아주머니가 각기 다른 비닐에 만두를 싸준다. "비닐 색깔은 왜, 뭐가 다른 거예요?" 하고 물었더니, 아주머니가 빵 터져서 웃으신다 "아하하하하하하하하하! 이거 나만 알아보려고, 편하라고. 김치만두는 뻘건 거, 고기만두는 파란 거, 그리고 찐빵은 노란 거, 이래 구별하려고요." 속초 올 때마다 이 집에 갔는데, 이 호탕한 아주머니께서 늘 반겨주셨다. 손도 어찌나 빠른지 남다른 내공이 느껴지는 분이다. 그러나 이분은 사장인 이정숙 씨가 아니다. '이정숙왕손만두찐빵'이지만 정작 이정숙 사장님은 한 번도 만나지 못했다.

김치왕만두는 고소한 호빵 냄새가 나는 폭신한 피로 감싸여 있다. 밀가루 특유의 답답한 맛은 다 사라지고, 매콤한 만두소와 잘 어우러진다. 입에서 녹는다. 소에 들어간 김치도

포장해 온 만두. 많이 식어서 속으로
'이거 데워야지, 데워야지.' 하면서도 선 채로 다 먹어버렸다.

아주 아삭아삭한 식감이 살아 있고, 내가 좋아하는 걸쭉하게 진한 매운맛인데, 역시 시장 만두답게 당면과 파도 실컷 들어 있다. 작은 김치만두의 만두피도 예술이다. 아름답게 윤기가 나는 반질반질한 피가 보는 눈을 즐겁게 만들어준다. 식감도 얼마나 좋은지 안에 혹시 깍두기가 들었나 보려고 샅샅이 헤집었을 정도다.

포장해 온 고기만두는 집에 와서 먹었다. 워낙 김치만두를 좋아하는 입맛이지만 이 집의 고기만두도 아주 담백해서 만족스러웠다. 많이 식어서 속으로 '이거 데워야지, 데워야지.' 하면서도 선 채로 만두를 다 먹어버렸다. 중국식 고기만두의 묵직한 맛이 아닌, 가벼우면서도 담담한 고기만두를 즐기시는 분이라면 이 집의 고기만두가 으뜸일 듯하다.

이정숙왕손만두찐빵은 '포장 전문'이다. 만두와 찐빵을 포장해 사 가려는 사람들이 끊임없이 밀려든다. 아주머니도 쉴 틈이 없다. 그래도 워낙 베테랑이라 본인 속도에 잘 맞춰서 능숙하게 포장을 해주신다. 손님은 동네 사람들도 많지만, 나처럼 여행길에 들르는 이들도 많다. 그분들은 온 김에 많이들 사 간다. 양손에 여러 봉지를 들고 가는 손님도 많다. 만둣국용 만두도 따로 파니 그걸 사 가도 좋지만, 찐만두를 가져가도 좋다. 식은 만두는 포장한 종이 그대로 전자레인지에 2분 정도 돌려서 먹으면 다시 맛이 살아난다고 한다.

　원래 정겨운 동네 속초지만, 나에게는 애틋할 이유가 또 하나 있다. 지금은 장성한 큰아들이 이곳 속초에서 군 복무 중이기 때문이다. 아들이 부대에 들어가기 전 속초에서 만나 고기에 맥주 한잔 같이 했다. 내 소원 중 하나가 자식들이 크면 앞에 앉혀 놓고 이런저런 이야기를 나누며 술 한잔하는 것이었는데, 그걸 이루었다. 아들은 내 꿈을 이루어주었는데, 나는 아들에게 무엇을 해주고 있는지 모르겠다.

이정숙왕손만두찐빵

- -

강원도 속초시 새마을길 28.
속초 고속버스터미널삼거리에서 동해대로를 따라 죽 내려오다 보면, 젤라또 아이스크림집이 보이는데, 가게를 끼고 왼쪽 골목으로 들어가면 얼마 안 가서 보인다.
매일 10:00~20:00.
월요일 휴무.

만두의 새로운 발견,
계란만두를 만나다

전 지구를 무대 삼아 누비는, 그야말로 세계를 '찢은' 방탄
소년단이지만, 나는 아주 열렬한 팬은 아니다. 그렇지만 딱
한 명의 멤버에게 눈길이 가는데, 그는 바로 신의 춤선을 지
닌 지민! 연예인들, 성형해서 하나같이 똑같아진 벼린 콧날
이 참 매력 없다고 생각했는데, 지민의 콧날은 그야말로 한
옥의 지붕 선같이 우아하다. 그 지민의 고향이 부산 금정구

란다.

부산은 내게 추억이 서린 곳이다. 20년도 더 전, 스물다섯 새색시였을 때 시댁이 부산 반송동이었다. 반송은 '여전하다'는 말이 딱 어울리는 동네다. 마을 어귀 느티나무 아래에서는 새마을 모자를 쓴 아저씨가 대낮부터 막걸리에 취해 앉아 있고, 그 옆에선 할아버지들의 장군멍군 장기판이 벌어지고 있었다. 신혼여행에서 돌아와 시댁에 인사 갔을 때는 동네 어르신들이 '서울 며느리' 내려왔다고 웅성웅성 모여서 먼발치서 보고 가시곤 했고. 참 정겨운 기억이다.

여하튼 지민이 다녔던 학교나 자주 갔던 가게들을 팬들이 성지순례처럼 다니곤 하나 보다. 그 성지 중 하나가 바로 서동 미로시장 안에 있는 '맛나분식'이다. 이 맛나분식의 시그니처 메뉴가 '계란만두'라고 한다. 하루에 프라이 너덧 개는 먹을 정도로 달걀을 좋아하니, 계란만두를 판다는 맛나분식에 가보지 않을 수 없었다. 게다가 지민이 '강추'한다는 곳이라는데, 안 가볼 수 없지. 팬들이 성지순례를 하는 이유는 지민의 발걸음과 손길이 닿았던 그곳을 걷고 어루만지는 것만으로도 감격스러워서가 아닐까. 나 또한 팬심이 발동했다.

부산지하철 서동역에 내려서 미로시장길을 따라 올라가는데 참 재미있다. 어디를 가든 시장 구경은 흥미롭다. 사람 사는 모습 그대로를 볼 수 있으니까. 귀하기로 유명한 도미조림을 먹는 사람들이 아닌, 철이 되어 병어가 나오면 병어는 코가 제일 맛있다고 으쓱대며 코를 쓱 썰어 쫄깃쫄깃 씹어 먹는, 우리 곁의 사람들 말이다.

시장 구경으로 눈 호강을 하면서 천천히 맛나분식에 다다랐다. 사람들이 밖에서 웅성웅성 줄을 서 있다. 역시나 자리가 없다. 게다가 현금만 가능하단다. '이렇게 장사 잘되면 카드리더기 놓으시지, 더워 죽겠네.'라며 속으로 조금 투덜대기야 했지만, 아주머니, 아저씨, 따님까지 분주하게 일하는 모습을 보니, 카드가 문제가 아닌 것 같다. 은행을 찾아 시장통을 따라 되돌아갔다.

현금을 찾아 다시 와보니 포장하러 온 사람들, 가게에서 먹고 가려는 사람들로 여전히 북적인다. 열 살이나 되었을까, 입구 앞에서 차례 기다리는 아이들이 짹짹 지저귀듯이 쎄쎄쎄를 하며 논다. 다행히 한 자리가 나서 앉을 수 있었다. 손님이 많아서 그런지 종이를 주면서 뭘 먹을지 적으라고 한다.

달걀물에 불린 당면과 각종 채소를 손에 잡히는 대로 넣고 쓱쓱 버무린 후

기름을 두르고 팬에다 지진다. 그리고 반으로 접어서 접시에 내면 끝.

나는 김밥과 만두, 세상에서 가장 좋아하는 음식 두 개를 적었다. 그리고 나서 메뉴판을 보고 가격을 확인했는데, 깜짝 놀랐다. 국수 2,000원, 라면 2,500원, 김밥 1,000원…….

주인 내외께서는 지금 이 자리에서 37년째 영업을 하고 있다고 하는데, 그러면 내가 열 살, 그때의 가격과 큰 차이가 없다. 내가 열 살 때 라면 값이 500원쯤 했을까? 중학생 때 학교 끝나고 친구랑 분식집 가서 만두 라면을 먹어댔는데, 그때 얼마를 냈는지 기억이 나지 않는다.

드디어 나온 음식들. 여기에서도 아주머니의 분주한 손길이 느껴진다. 플레이팅 따위는 신경 쓸 겨를이 없다. 그런데 나는 이 김밥, 그 바쁜 와중에도 참기름 발라 내준 1,000원짜리 김밥이 정겹다. 이리 부실해 보이는 김밥이 은근히 집에서 만든 것 같은 맛을 보여주니, 나름 대반전이었다.

오늘의 주인공 계란만두. 음식을 기다리며 만두 만드는 과정을 유심히 지켜봤다. 분주 그 자체다. 아주머니는 100미터 달리기를 하는 것처럼 입 꾹 다물고 만두를 만드신다. 달걀물에 불린 당면과 각종 채소를 손에 잡히는 대로 넣고 쓱쓱 버무린 후 기름을 두르고 팬에다 지진다. 그리고 반으로 접어서 접시에 내면 끝. 어떻게 보면 만두라기보다는 달걀전이다.

만두라는 음식은 고기만으로 채워지는 러시아의 피로시키나 몽골의 보쯔, 치즈가 들어가는 이탈리아의 라비올리, 단팥이 들어가는 일본의 만주처럼 소가 그 이름과 정체성을 좌우하는 음식이다. 이 음식들을 살펴보면, 곡물가루 반죽으로 소를 감싸는 형태가 만두의 본질이라는 데 고개가 끄덕여진다. 그런데 이 계란만두는 그런 만두의 정체성에 이의를 제기하고 있다. 꼭 밀가루 반죽으로 만두소를 감싸야 할까? 밀가루에 슬슬 굴려서 삶는 굴림만두도 있는데, 달걀물로 싸면 왜 만두가 아니라는 말인가?

이 음식의 이름을 37년 전 '만두'로 붙인 이유는 당면 때문이 아닐까 추측해본다. 동그랗게 부쳐서 반으로 접으니 만두처럼 반달 모양이라 더더욱 그런 것이 아닌가 싶다. 가만히 보니 베트남 음식 반쎄오와도 모양이 흡사하다.

오전 11시부터 밤 8시까지 '연중 무휴', 이리 바쁘신 것을 보니 이 집 가족들 쉬시기는 하나 싶었다. "이렇게 바빠서 어째요." 하고 슬쩍 말을 건넸더니 따님이 종달새 목소리로 지금은 점심때라 그렇지 중간중간 쉴 수도 있다고 말한다. 그런데, 내가 보기에 계속 포장 손님이니 홀 손님이 끊이지 않아 엄청난 체력이 요구되겠다 싶다. 그 세월 동안 이골이 나, 오히려 일을 안 하면 병이 나는 어르신들일 수도 있겠지만.

지민은 과연 어느 자리에 앉아서 계란만두를 먹었을까? 나는 들어가자마자 오른쪽 끝자리에 앉았는데.

이곳은 한 번 더 찾고 싶은 가게다. 그때는 떡볶이랑 김밥, 계란만두, 쓰리 콤보를 먹어보고야 말겠다.

맛나분식

....

부산광역시 금정구 서동시장길 42-4.
서동역 1번 출구에서 849미터. 부산 서동 미로시장에서 직진하다가 한 번 오른쪽, 또 왼쪽으로 꺾어서 들어가면 나온다.
매일 11:00~20:30.
연중 무휴.

매운 깨달음을 준 만둣국

유명한 만둣국집이 있다는 소문을 듣고 청주로 향했다. 오후 2시에 출발했으니 대강 4시 넘어 도착하면 이른 저녁으로 만두 식사를 해야겠다 싶었는데, 이게 웬걸, 서울에서 청주까지 네 시간이 넘게 걸리는 강행군이 되고 말았다. 길이 너무 많이 막혀, 시속 몇 킬로미터 단속 중이라는 내비게이션의 안내마저 짜증이 날 지경이었다. 7시가 다 되어 컴컴해진 후에야 숙소에 도착했다. 짐을 풀고 슬리퍼를 끌고 나선 길. 동선이고 뭐고 별생각 없이 잡은 숙소가 목표로 한 만둣집에서 걸어서 5분 거리에 있었다. 피곤한데 아주 잘됐다! '고추만두국집'이다.

상호부터 매운 냄새가 솔솔 풍기는 이 만둣국집에서는 오륙십 대 아저씨들이 땀 뻘뻘 흘리며 한 그릇씩 뚝딱할 것 같지만, 예상외다! 젊은 커플이나 이삼십 대로 보이는 손님이 가득했다. 심지어 테이블 한쪽에 케이크가 놓인 것을 보니 특별한 기념일이나 생일인 것 같은데, 저녁 만찬을 만둣국집에서? 저 커플 말고도 "맛있어, ×나 맛있어, 매운데 ×나 맛있어!"라는 소리가 여기저기서 들린다. 아, 젊음!

나도 고추만둣국에, 곁들여 먹을 찐 고추만두 하나를 시켰다. 워낙 만두가 매우니 어린이 떡국도 메뉴에 마련해놓은 센스가 돋보인다. 벽에 커다랗게 붙여둔, 주인장의 자부심이 느껴지는 '만두 맛있게 먹는 법'을 보면, 이곳 만두는 콩기름, 돼지비계 등으로 육즙을 내는 만두가 아니라고 딱 못 박았다. 고랭지 배추로 담근 김치와 괴산 고추로 만든 고추지가 만두소의 주인공이 되겠다. 나머지 재료도 만두에 들어가는 두부콩이 미국산인 것을 제외하고는 모두 국내산!

만둣국 국물로는 흔치 않은 빨간 국물의 정체는 바로 고추장이다.

사골 국물도 아니고 장칼국수 국물도 아닌, 그냥 힘찬 고추장 국물! 얼큰하고 시원하다.

주문하고 조금 있으니 기본 찬이 나온다. 김치, 단무지, 간장. 나는 만둣집이라면 응당 최고의 단무지를 써야 한다고 생각한다. 만두 포장할 때 곁들여주는 단무지는 꼭 한 봉지씩 더 받아서 집에서 술안주로 먹는다. 단무지에서 상쾌한 신맛이 나면 기분이 좋다. 단무지 맛을 음미하고 있으니 먼저 찐만두가 나왔다. 얼마나 칼칼하고 맛있게 매울지 기대되는 순간! 접시에 가지런히 놓인 만두 모양이 예뻐서 기분이 좋아졌다.

얼마나 매울지 맛을 보자! 한 입 먹으니 매운 기운이 훅 입안으로 들어온다. 그리고 중간중간 파고드는 고추 맛! 고추만두라 하였으니 고추 맛이 나는 것은 당연할 테지만, 아무리 속을 봐도 고추가 보이지 않는다. 고추지를 아무리 잘게 다졌다 해도 왜 고추의 흔적이 안 보이는 걸까? 생각만큼은 맵지 않은 적당함, 상쾌한 매운맛이 마음에 들었다. 만두소에 꽉 찬 배추김치는 숭덩숭덩 썰어놓았다. 주인장께서 설명한 바와 같이 부드러운 식감의 만두는 아니지만, 아삭한 식감이 또 다른 매력을 발산한다. 만두피와 만두소가 따로 놀거나 두꺼운 밀가루 피가 만두소의 식감을 눌러 떡처럼 되는 걸 좋아하지 않는데, 이 고추만두는 조화가 그만이다!

이제 오늘의 주인공인 고추만둣국을 만난다. 찐만두에서 맛보았다시피 육즙이 흐르는 부드러운 만두는 아니지만, 만두를 반으로 갈라 빨간 국물에 적셔 먹으니 기가 막힌다. 만둣국 국물로는 흔치 않은 빨간 국물의 정체는 바로 고추장이다. 사골 국물도 아니고, 된장이 함께 들어간 장칼국수 국물 같은 것도 아닌, 그냥 힘찬 고추장 국물! 얼큰하고 시원하다. 내 입맛에는 살짝 짜지만, 좋다. 여리여리 곱디고운 만둣국이 아니고, 힘줄까지 팽팽하게 튀어나온 사나이의 맛이다! 배가 많이 고팠던지라 더 맛있게 느껴졌는지도 모르겠다. 먹으면서 땀을 뻘뻘 흘렸다. 나이가 들어갈수록 뭘 먹을 때 자꾸 땀을 흘리고 콧물이 흐른다. 게다가 숟가락은 왜 그리 조준이 안 되는지. 눈, 코, 입…… 온통 뭔가를 흘린다. 하지만 서럽지 않다. 입만 즐거우면 되니까!

한참 만둣국을 먹고 있는데 음식이랑은 전혀 상관없는 생각이 나래를 펴기 시작한다. 고생고생해서 안 좋은 운을 겨우 빠져나가면 또 다른 산등성이가 나오겠지. 삶이 팍팍해서 힘들어 죽겠으면 만둣국 따위로는 위로가 되지 않을 거야. 이렇게 집 떠나와서 방방곡곡 맛있는 만둣집을 쫓아다니면서 글을 쓰고 있지만, 이것도 내가 살 만하니까 하는 일이라는 생각에 급작스럽게 안도감이 밀려온 것이다. 그리고 앞으로 다가올 산등성이를 어떻게 넘어야 할까 하는 생각에 매운 만둣국이 더 맵게 느껴지고…….

고추만두국집

충청북도 청주시 상당구 사직대로350번길 61.
청주 서문시장 근처에 있다. 시장 정문을 지나 조금만 걸어가면 대로변에서 금방 찾을 수 있다.
매일 11:00∼21:00.
월요일 휴무.

이곳!
전국 만두 여행기의 태동

집이 서울 북쪽에 있어 주말의 지긋지긋한 교통 체증을 제외하면 인근 교외로 나가기가 편리해 좋다. 그렇게 훌쩍 나가 즐기는 만두가 양평에 있다. 용문면 광탄리의 '회령손만두국'이다.

양평 용문도서관 쪽에서 용문산 가는 길, 도로를 따라가다 보면 왼편에 지붕이 나지막한 만둣국집이 나온다. 이 집 주인장의 시어머니가 함경북도 회령 분이라고 한다. 지금은 따님과 며느님처럼 보이는 분도 함께 일하시는 것 같았다.

옆에는 '만두방'이라고 써 붙인 방에서 한 아주머니가 차분하게 만두를 빚고 있다. 이 글을 쓰려고 참고 삼아 〈허영만의 백반기행〉 '양평 편'을 보니 내 기억 속에서 만두를 빚고 계시던 분은 회령손만두국의 사장님 박경숙 씨라고 한다. 시어머니께 배운 회령식 만두 만들기 40년 인생이라고. 양평 용문면에 자리를 잡고 가게를 연 것은 2009년. 12년 차 만둣집의 구력을 보여주고 있다.

만두에 관해 이야기하기 전에, 회령손만두국의 김치는 정말 맛있다는 걸 밝혀둬야겠다. 추운 지방 회령에서 온 시어머니의 김치 레시피에 충청도 며느리의 손길이 합쳐져 고춧가루를 더하게 되었다는 배추 물김치는 깔끔한 맛이 일품이다. 살얼음이 동동 뜬 김치 국물을 국자로 떠서 그릇에 담고 두 손으로 그릇째 들고 쭈욱 마셔줘야 제격이다. 게다가 내가 가장 좋아하는 김치인 섞박지도 마련되어 있다. 좀 커다란 깍두기라고 봐도 될까. 호기심이 생겨 섞박지와 깍두기의 차이를 알아봤는데, 역시 무의 크기가 구분점이라고 한다. 배추김치 담글 때 커다랗게 썬 무를 사이사이 섞어 넣는데, 배추를 다 버무리고 나서 무가 남으면 그 양념으로 무만 버무린 게 섞박지라는 것이다.

메뉴판에서 만둣국 옆에 '특' 자가 붙은 것은 무엇인지 여쭈어보니 일반 만둣국은 만두가 다섯 개, '특' 만둣국은 일곱 개가 들어간다고 한다. '특'을 고를까 말까 잠시 고민하다 무리하지 않기로 한다. 쇠고기 양지를 푹 고아낸 육수로 끓인 만둣국에 고명이라고는 종종 썬 쪽파가 다다. 음식 만든 이의 자신감이 엿보인다. 이것저것 갖다 붙이지 않고 국물 하나로 정면 승부! 참 깊고 개운하다.

주인아저씨는 쇠고기 양지도 호주산이나 미국산 쓰면 이런 국물이 나오지 않는다고 은근슬쩍 한마디 던지신다. 재료 단가가 너무 높아서 섞어볼까 생각도 해봤지만, 그러면 손님들이 대번에 맛을 알아챌 것이니 무조건 한우만 쓴다고. 허영만 화백은 방송에서 "이야, 이거 냉면 국물 같다." 하면서 참 맛있게 드셨는데, 동의한다. 냉면 국물 또한 같은 방식으로 끓여서 식힌 것이니. 이곳은 술 많이 마신 다음 날 가면 국물에 속이 풀려 본전 건지는 집이다. 나 또한 이 밍밍해 보이는 국물이, 때 되면 꼭 기억이 나니 말이다.

테이블에는 그 흔한 간장이나 고춧가루가 놓여 있지 않다. 딱 하나, 후추만 있다. 이 또한 국물 맛에 대한 자신감이다. 이 집을 몇 차례 들렀지만, 주인 내외는 매번 만둣국을 내오며 그릇 옆에다가 후추 통을 슥 밀어놓고 간다. 허 화백은 국물 본연의 맛을 느껴보겠다면서 파도 안 넣어 드시던데, 후추 좋아하는 나는 후춧가루를 팍팍 쳐서 먹었다.

이곳 만두의 소에는 물기 뺀 두부, 참깨와 더불어 이북식 만두에서 빼놓을 수 없는 숙주와 김치가 들어간다. 이 집의 특징은 끓는 국물에 만두를 넣어 익히는 것이 아니라 먼저 만두를 쪄서 그릇에 담고, 팔팔 끓는 육수를 부어서 내준다는 것이다. 그러니까 끓이던 육수에 면을 넣어 마저 끓여 만드는 제물국수 형태가 아니라 잔치국수와 같이 미리 익혀놓은 면에 국물을 붓는 건진국수처럼 조리하는 것이다.

복주머니 같은 모습의 손만두를 쪄내면 만두피가 흘러내리듯 접시에 퍼져 특유의 모양이 잡힌다. 꼭 상투 튼 모습이라 해서 이걸 '상투만두'라고도 부른다. 만두에 국물을 붓

복주머니 같은 모습의 손만두를 쪄내면

만두피가 흘러내리듯 접시에 퍼져 특유의 모양이 잡힌다.

는 이 집의 조리법은 이런 만두 모양이 흩어지지 않게 해줄 뿐 아니라 깔끔한 국물 맛이 상하지 않게 하는 비결이다. 이 예쁘고 깔끔한 만두는 딱 한입에 먹기 좋은 아담한 크기인 데다 부드러워서 입으로 쏙쏙 들어간다.

이 집이 나에게 특별한 이유는 단지 만둣국 맛 때문만은 아니다. 2015년 겨울, 양평에서 1박 2일 짧은 여행을 하던 이 틀째였다. 그날따라 잠에서 일찍 깨서 용문역 쪽으로 나와 커 피를 마시고 있었다. 평소에는 늘 아침을 건너뛰고 아점으로 하루 끼니를 시작하는데, 이날은 유독 배가 고팠다. 만두를 좋아하는 내가 갈 곳은 만둣집. 마침 회령손만두국은 다른 가 게들보다 일찍 문을 연다. 날이 추워 손을 호호 불며 들어갔 다. 이 집 한쪽 구석에서 하얗고, 단아한 만둣국을 먹으면서 떠오른 아이디어가 있었다.

만두에 대한 책을 써보면 어떨까. 만둣집을 다니면서 그날 그날의 단상을 적어보자. 꼭 만두의 역사를 탐구하거나 학술 적인 자료를 만들자는 것은 아니었다. 궁금하다면, 찾아서 공 부해도 좋고. 북한까지 올라가지 못한다고 하더라도 남한만이라도 누비며 내 입에 맞는 만두를 열심히 먹고 정리해보자. 그렇게 내 발로 다닌 방방곡곡의 만둣집으로 지도로 만들어도 좋겠다. 이날 떠오른 생각이 열심히 쓰고 있는 이 책의 시작이 되었다.

글을 쓰기 시작하면서 굳게 결심한 것이 '그 집 만두가 맛있다 없다, 평가하지 않기'였다. 수많은, 외식업 현장의 가게들은 이미 SNS 홍수에 노출되어 있다. 나 아니어도 '평가질'은 수없이 당하고 있을 것이다. 극찬을 받는 곳도 있지만 섣부른 판단, 글 한 문장이 자영업자들의 밥줄에 얼마나 영향을 끼치는지 잘 알고 있기에, 이 책은 철저하게 만두에 관한 나의 이야기, 만두와 나 사이의 이야기를 담아내는 그릇이 될 것이다.

바쁘게 살아가다가도 양평의 회령손만두국은 문득문득 떠오른다. 평생 이 집을 어떻게 잊을 수 있을까.

무르익은 가을, 용문산에는 올해도 단풍이 잔뜩 들었다. 만둣국 먹고 나서 용문산에 올라 산책하면 딱 좋은 코스다. 용문산까지 올라가지 않더라도, 작지만 호젓하게 멋을 뽐내는 계곡들이 많다. 가을이 오면 양평의 단풍과 만둣국을 꼭 한 번 즐겨보시길.

회령손만두국

- -

경기도 양평군 용문면 용문로 827.
양평 용문도서관 쪽에서 용문산 가는 길. 도로를 따라가다 보면 왼편에 자리하고 있다.
매일 8:00~20:00.
수요일 휴무. 지난봄에 서울에서 양평까지 만둣국 먹으러 갔다가 수요일에 휴무라는 사실을 알고 그냥 돌아선 적이 있었다.

단골들과 함께 익어가는 만두

전국의 만둣집을 돌아다닌다면서 대전을 빼면 섭섭하다.
대전은 내가 태어난 곳이다. '외갓집' 하면 떠오르는 정겨운
이미지는 모두 대전에 있다. 대전 서구 갈마동. 지금은 온통
아파트가 들어섰다고 하는데, 나 어릴 때는 완전히 시골이었
다. 마을 뒤로 흐르는 작은 개천에서, 지금은 돌아가신 외할
머니가 물 찬 제비처럼 자맥질하며 나와 놀아주시곤 했다. 흐
릿한 흑백영화처럼 그때 그 장면들이 잔잔히 흘러간다. 어려

서의 기억은 늘 눈이 부시다. 어린 시절이 찬란하다는 의미만은 아니다. 실제로 어린 날의 기억을 떠올리면 모든 장면에서 햇빛이 눈부시다. 그래서 그 안에는 늘 실눈을 뜨고 이마를 찡그리면서 바라보는 내가 있다.

대전은 밀가루 음식, 특히 칼국수의 본고장이다. 한 친구는 이 동네에 딱히 맛있을 것이 있을까 의아했는데, 멸치 육수를 끝내주게 뽑는 고장이라는 것을 나중에 알게 되었다고 말했다. 육수뿐일까. 칼국수는 밀가루 반죽으로 내는 면이다. 칼국수 가는 길에는 만두도 따라간다. 분식의 최고봉!

어느 만둣집을 가볼까. 동선을 잡아서 계획을 세우고 간 외갓집, 대전 가는 길이다. 오늘은 '하루방만두'에 간다. 원래는 다른 집에 가볼 생각이었다가 동선이 맞지 않아서 돌아섰다. 그런데 어느 블로그에서 슬쩍 리뷰를 읽다가 본 딱 한 줄, 별 내용도 없는 한 줄 때문에 발길을 하루방만두로 돌렸다.

"지난번에 갔던 중촌동 만둣집이 조금 더 맛있었던 듯."

그동안 읽은 정성스러운 리뷰는 만둣집 어디로 갈까 결정하는 데에 큰 영향을 주지 못했는데, 어떻게 그 한 줄이 마음에 딱 꽂혔는지 모르겠다. 이것도 인연이겠지.

가게에 도착하니 밖으로 뿜어내는 하얀 김이, 곧 만두 먹을 생각으로 가득한 내 마음을 더욱 설레게 한다. 만둣집은 역시 부지런히 수증기를 뿜어낼 때 멋지다. 만둣집의 패션은 맹렬하게 솟구치는 하얀 김에서 완성되는 게 아닐까. 가게에 들어서서 구석에 자리를 잡았다. 그 옆으로는 하루방만두를 들렀다 간 손님들이 손으로 쓴 메모들이 잔뜩 벽에 붙어 있다. 경산에서도 오고, 진해에서도 오고, 화천, 분당, 심지어 우리 동네 근처 중계동에서도 손님들이 많이 왔다 갔다. 안 그래도 지역 주민들에게 맛있기로 소문이 났는데, 한 TV 프로그램에서 소개되는 바람에 더 유명해졌다고 한다. 다른 집은 무슨 방송 탔네, 어디 나왔네 하며 간판에 써 넣고 현수막까지 붙이는데, 이 집은 가게 안팎에 그런 자랑이 전혀 없다. 그저 가게 안 한 귀퉁이에 기사 나온 것들만 붙여놓았을 뿐.

만두를 기다리는 동안 간장, 식초, 고춧가루 잘 섞어서 양념장을 만들었다. 평양냉면 좋아하는 분들은 본연의 맛을 즐기기 위해 식초, 겨자도 안 친다고 한다. 하지만 나는 입이 촌스러워서 냉면 국물은 겨자 맛이고, 만두는 고춧가루 팍팍 친 간장에 적셔 먹어야 최고다.

메뉴는 단출하다. 기본 메뉴인 찐만두로는 고기만두와 김치만두가 있고 군만두, 만둣국 그리고 비빔만두가 마련되어 있다. 분식집에서 볼 수 있는 간단한 메뉴 정도다. 주위를 둘러보니 떡만둣국을 먹거나 떡국에 찐만두를 곁들여 먹는 손님이 많다. 비빔만두도 많이 주문한다. 만두를 좋아해 온갖 종류의 만두를 먹어봤지만, '비빔만두'라는 것은 얼마 전에야 알게 되었다. 분식집에서 흔히 보는 납작한 만두를 튀겨 새콤달콤매콤한 양념과 갖은 채소에 '비벼' 나오기에 비빔만두다. 그 매콤한 양념은 바로 쫄면 양념인데, 그래서 비빔만두 맛있는 집은 어김없이 쫄면도 훌륭하다. 어떤 집은 아예 쫄면에 튀김만두를 함께 비벼 내주고, 어떤 집은 쫄면 소스에 채소만 채 썰어 넣고 만두를 비벼 내주기도 한다.

오전에 만둣집으로 출발하기 전 한 언니와 넉넉하게 긴 통화를 했다. 언니는 기고하는 매체에 2020년 8월에 나온 내 책 리뷰를 정성껏 써주었다. 워낙 영화와 드라마를 좋아하고, 극본을 쓰고자 한 지 오래되었던지라 에세이 제목도 《시나리오 쓰고 있네》였다. 그런데, 몇 년 동안 계속 발전시키려 하는데도 보이지 않는 유리 천장에 부딪혀 진전시키지 못한 이야기가 있다. 시놉시스 정도로만 뼈대를 세워놓고, 조금 쓰다가 관두고, 또 쓰다가 관두기를 여러 번. 언니는 그 스토리에 관심을 가져주었다.

"잘 써서 영화나 드라마로 만들면 재미날 것 같아. 아주 상업적인 영화, 블록버스터는 안 돼도, 〈완벽한 타인〉 같은 느낌으로 해볼 수 있을 텐데. 초고라도 써놓은 것 없어?"

없다. 시놉시스 쓰다가 자꾸 엎어진다. 자기검열에 허우적대다 괴로워서 중단하는 일이 반복됐다. 에피소드들이 하나하나 깨알같이 재미있는지도 걱정이지만, 캐릭터를 묘사할 때 아직 '나'라는 인간과 떼어놓고 객관적으로 생각하기가 어렵다. 어떤 시점에서 길을 잃고 우왕좌왕한다.

"으구으구~ 만약 기회가 왔는데 그때 보여줄 것이 없으면 어떻게 하나? 빨리 뭔가를 써봐."

언니는 내가 끙끙 앓는 스토리에 평도 해주고, 반짝이는 아이디어에다 자기의 시선도 얹어서 이야기해주고 있다. 돈 한 푼 받는 일도 아닌데, 남의 일에 이렇게 관심 있게, 시간을 들여서 의견을 주는 것은 보통 정성이 아니다.

드디어 만두가 나왔다. 김치만두와 고기만두는 한꺼번에 찜기에 담겨 나왔고, 조금 뒤에 화려한 모양새의 비빔만두가 나왔다. 접시 위에 노릇노릇 잘 구워진 군만두가 빙 둘러져 있고, 가운데에는 쫄면에 콩나물, 당근, 양배추에 깻잎까지 색깔 구색을 맞춰서 소복하게 쌓여 있다. 보자마자 와아~ 소리가 절로 나왔는데, 마치 동그란 크리스마스 리스가 앞에 놓인 듯한 착각이 들 정도로 소담하고 예쁘다. 쫄면을 채소와 슥슥 골고루 잘 비벼서 군만두와 함께 집어 먹었다. 쫄면의 쫄깃함에 군만두 육즙이 더해져서 한입 가득 행복하다. 비빔만두 외에도 테이블 위에 놓인 고기만두와 김치만두까지 눈에 들어오니 마음의 넉넉함과 더불어 오감 만족!

김치만두를 보고, 너무 귀여워서 속으로 웃었다. 만두 빚는 분이 뭐가 그리 급하셨는지, 부추가 밖으로 다 튀어나와 있고 고춧가루도 삐져나와 피에 박혀 있다. 그런데 이게 오히려 좋았다. 공장에서 기계로 깔끔하게 만든 것보다 손으로 빚은 만두라는 티가 팍팍 나는 것이 더 먹음직해 보였기 때문이다. 게다가 이 김치만두, 정말 맛있다. 피가 얇은 것이 아주 일품인데, '누드만두'라는 이름까지 벽에 붙어 있다. 김치 소하고

만두 빚는 분이 뭐가 그리 급하셨는지, 부추가 밖으로 다 튀어나와 있고
고춧가루도 삐져나와 피에 박혀 있다. 이게 오히려 좋았다.

딱 달라붙어서 한입에 꿀꺽 들어간다. 처음에 사진 찍으려고 반으로 쪼개보았을 뿐, 그다음부터 한입에 만두 한 개씩 먹어 치우느라 정신이 없었다.

고기만두도 좋다. 나는 돼지고기 소에서 생강 맛이 나는 것을 좋아하는데, 어떤 이들은 돼지고기를 안 좋은 것을 써 잡내를 빼느라 생강을 넣는다고도 한다. 하지만 돼지에서 나는 잡내는 아무리 요리술에 소주니 생강이니 잔뜩 넣어 잡으려 해도 펄펄 난다는 사실. 생강 맛이 은은하게 퍼지는 멋진 맛을 선물해준 고기만두를 간장에 포옥 담가 먹는 그 맛! 좋은 질의 국간장을 내며 손님을 귀히 대접하는 만둣집도 있지만, 커다란 업소용 샘표 진간장이어도 나는 좋다.

하루방만두에는 단골이 많다. 동네 사람들이 알음알음으로 좁은 골목길에 있는 이 가게를 찾고 또 소개하면서, 수많은 세월을 단골들과 함께 나이 먹어가면서 이어왔을 것이다.

만두를 빚는 공정은 아저씨와 아주머니의 철저한 분업이다. 아저씨는 밀대로 만두피를 만들고, 아주머니는 만두소가 잔뜩 담긴 바구니를 옆에 놓고 만두를 완성한다. 아저씨는 오랜 세월 하루 종일 만두피를 미느라 어깨 수술도 한 번 받았

화려한 모양새의 비빔만두. 접시 위에 노릇노릇

잘 구워진 군만두가 빙 둘러져 있고, 가운데에는 쫄면에 콩나물, 당근, 양배추에

깻잎까지 색깔 구색을 맞춰서 소복하게 쌓여 있다.

고 요즘도 정기적으로 치료를 받으러 병원에 다니신단다. 아주머니도 그에 못지않을 텐데, 그냥 웃기만 하신다(역시 여자는 소리 없이 강한 것일까). 내가 손만 사진 찍어도 되냐고 물었더니 다 나오게 찍어도 된다면서 깔깔 웃는다.

상냥한 주인아주머니와 이런저런 얘기를 나눴는데, 왜 가게 이름이 하루방만두인지 물어보는 걸 까먹었다. 두 분이 결혼하셨을 때 제주도에 가서 돌하르방 코를 내내 매만지고 오셨던 걸까? 그때 행복했던 기억이 35년간 만둣집을 함께 하게 만들었을까?

"사람들이 네가 쓴 영화나 드라마를 보고 뒤돌았을 때 왠지 안심되고 따뜻해지는, 그런 이야기로 만들어보면 좋겠어. 네가 그리는 캐릭터 중에 분명히 내가 같이 사는 사람도 있고, 우리 동네 아저씨도 나올 수 있을 것 아냐. 그러면서 지금 내 옆에 있는 이가 꽤 괜찮은 사람이라는 생각이 들게 해주면 그걸로 된 거지."

만두를 먹으면서, 언니와 나누었던 이야기들이 떠오른다. 전국의 어디를 가든지, 만두 여행을 떠났을 때 좋은 일들이 하나씩 생긴다. 이렇게 이야기의 가닥이 잡혀간다. 내가 이 이야기를 왜 써야 하는지 동기가 명확해야 한다, 그 이유를 잘 세워 놓치지 말고 앞으로 나아가면 된다던 어떤 분의 말씀이 떠오른다. 그동안은 '이 이야기는 왜 쓰고 싶은 거지? 왜 써야 하지?' 마음은 간절한데도 문장으로 두어 줄 써보라고 하면 당황하고 쭈뼛거렸지만, 이제는 내 속마음을 천천히 밖으로 꺼내기 시작했다.

글이 머리, 아니 가슴에서 손으로 내려오는 데 8년이 넘는 시간이 걸렸다.

하루방만두

대전광역시 중구 목중로10번길 7.
중촌맞춤패션특화거리 골목길에 있는데, 차 한 대 지나갈 수 있는 비좁은 골목이다. 주차는 근방 공영 주차장을 이용하면 된다.
매일 11:00~20:00.
일요일 휴무.

화끈한 대구 아저씨의
야심 찬 납작만두

대구는 소위 '노맛 도시'. 맛집이 없다고 생각했다. 농담으로 대구에서 최고 맛집이 '애슐리'라는 말을 듣고 피식 웃은 적도 있다.

2003년 대구 유니버시아드 대회가 열렸을 무렵 홍보 일을 하느라 대회 기간 중 대구로 내려가 한 2주 지낸 적이 있었는데, 도무지 맛있는 음식을 먹은 기억이 없다. 맛있는 식당을 찾을 수 없었다기보다 뭔가 먹고는 살았을 텐데, 대구에서 밥을 먹었던 것조차 기억나지 않는다. 장기간의 출장을 마치고 동료들과 서울로 올라가는 길, 다들 지쳐 몸이 곤죽이 되었던 터라 몸보신이나 하자며 대구를 벗어나자마자 한 닭백숙집에 들어갔다. 그때 처음 알았다. 닭으로 만든 음식도 맛없을 수 있다는 것을. 이 놀라운 경험은 최근까지 아무 식당이나 들어가도 단돈 5,000원에 마법 같은 밥상을 만났던 전남 강진의 저 반대편에 대구를 두게 했다.

대구의 대표 간식은 매운 어묵이랑 납작만두라는 이야기를 오래전에 듣고는, 납작만두가 뭔지 궁금해서 작년에 인터넷으로 주문을 해보았다. 택배 상자를 뜯어 만두를 꺼내 보고는 깜짝 놀랐다. 만드는 사람들이 만두피에다가 소를 집어넣는 것을 까먹었나 싶었다. 아무리 이름이 '납작'이라지만 이렇게 종이처럼 납작하면 어쩌란 말이지? 뭘 먹어야 하는지, 무슨 맛으로 먹는 것인지 구워는 봐야지 하고 떼어내다가 만두피가 다 찢어지는 바람에 굽기까지 실패! 그렇게 납작만두는 냉동고에서 오랫동안 잠들어 있다가 어느 순간엔가 사라졌다.

그래도 우리나라 3대 도시 중 하나인데, 꼭 들러야지 생각했다. 분명히 대구에도 맛집이 있을 것이라는, 아직 내가 경험해보지 못한 맛있는 음식이 있을 것이라는 믿음도 대구행에 한몫했다. 대구에 가기 전에 납작만두에 대해 알아보니 대구에서 유명한 곳은 미성당납작만두와 교동납작만두라고 한다. 대구에 사는 아는 언니의 추천은 남문납작만두였다. 1박 2일 대구행이라 하루 세끼를 납작만두만 내리 먹을 수 없어서, 가장 유명하다는 미성당을 1순위로 하고, 시간이 허락한다면 남문납작만두까지 섭렵하고 돌아오리라 작정했다. 그러나 일이 뜻대로만 되지는 않고, 당연히 계획대로 흘러가지도 않는다.

대구까지 차를 몰고 가기 힘들어 KTX를 타고 갔다. 대중교통을 이용해서 목적지를 찾아다니는 데에 소모되는 체력은 생각보다 컸다. 숙소에 짐 내려놓고 한두 군데 방문했을 뿐인데, 길 잃고 헤맨 것까지 합쳐서 만 보를 넘겨버렸다. 특히 지하철역에서 미성당 찾아가는 길은 대구 골목길 투어의 정수였는데, 정신없이 골목 구경을 한 탓인지 발도 아프고 피곤이 쓰나미처럼 밀려왔다. 이거 안 되겠다, 내가 처음에 가려던 미성당납작만두 본점까지는 도저히 못 걸어가겠고 그냥 백화점 앞을 지나치다 우연히 눈에 들어온 가게로 들어갔다. 이미 출출해진지라 아무 납작만두나 먹으면 어떠랴 싶기도 했고.

'미성당납작만두 현대점'이었다. 미성당이 워낙 대구 납작만두 터줏대감이라 여기저기 분점을 많이 냈는데, 이 집도 그중 하나다.

들어가서 자리를 잡고 앉아서, 뭘 먹을까 두리번대고 있으니 아저씨가 다가왔다. 메뉴판을 보니 납작만두 밑에 찐만두가 하나 더 있다.

"납작만두랑 찐만두랑 뭐가 달라요?"

"만두가 달라요."

아, 이런 간단한 원리.

뭐가 뭔지 몰라서 메뉴판을 어리바리 보고 있다가 납작만두 하나, 찐만두 하나, 얼큰양념오뎅 하나를 주문했다. 대구에서 먹어보고 싶었던 것을 이 집에서 한 방에 해결할 수 있겠다는 생각에 잠시 뿌듯했다. 그런데 아저씨, 내가 서울 촌년임을 바로 알아보셨는지 대뜸 추천 들어간다.

"대구에 오싯으면 쫄면에 납작만두르 드시야 안캅니까."

응?

"납작만두 하면 떡볶이 오아(or) 쫄면입니다. 찐만두 빼고 쫄면 넣으이소."

아저씨는 내 대답도 듣지도 않고 바로 주방에 "찐만두 빼고 쫄면!"이라 외친다. 어차피 아저씨에게 설득당했다. 역시 어느 지역을 가든 군만두는 쫄면과 함께 비빔만두의 형태로 먹는 것이 정석인가 보다.

납작만두는 주방에서 조리하지 않고, 가게 밖에 서 있는 손님들에게도 만두를 구워 팔 수 있게 놓인 커다란 철판에서 아저씨가 굽는다. 아저씨가 천천히 철판 쪽으로 가더니, 본사에서 받아온 상태 그대로인 납작만두를 한 장씩 떼어내 치이익~ 굽기 시작했다. 아, 이 만두는 내가 예전에 택배로 받아본 그 납작만두의 포장이나 상태와 다르지 않았다. 이게 어떻게 만두란 말인가! 그냥 만두피만 굽는 것과 무엇이 다른가! 내 기준으로 이건 도저히 만두에 속할 수 없는 음식이었다.

아저씨가 굽고 있는 납작만두의 모양새에 뜨악해하는 동안, 쫄면이 나왔다. 별다를 것 없는, 채소도 담뿍 담기지 않은 소

225

"납작만두는 이래 묵는 깁니다."

아저씨의 지시대로, 간장을 넉넉히 뿌린 납작만두 위에

양파랑 파를 얹어 잘 감싸서 한입에 넣었다. 꽤 인상적인 향미가 남는다.

박한 쫄면이다. 그리고 오늘의 주인공 납작만두도 내 테이블에 놓였다. 잘 구운 만두 위에 얇게 썬 양파와 파를 얹고 고춧가루를 뿌려서 내주었다(대구 현지 지인의 제보에 의하면, 미성당 본점은 만두 위에 양파 채를 얹지 않는다고 한다). 납작만두는 원래 이렇게 먹는 거구나 하고 신기해하고 있는데, 아저씨가 저벅저벅 다가오더니 또 나한테 묻지도 않고 납작만두 위에 간장을 휘익~ 뿌린다. 너무 많이 뿌리신 듯한데. 그러나 이것이 주인아저씨의 스웩!

"납작만두는 이래 묵는 깁니다."

납작만두 위에 양파랑 파를 얹어 잘 감싸서 한입에 넣었다. 음? 간장 맛으로 먹는 걸까 하는 생각이 들 정도였다. 간장이 밀가루 만두피와 만나니 꽤 인상적인 향미가 남는다. 토핑된 양파 채와 고춧가루가 당면이 조금 들어간 이 납작만두와 의외로 잘 어울렸다. 세상에 이런 맛도 있구나, 태어나서 처음 만나는 만두 맛이다.

이 글을 쓰면서도 쫄면 맛이 생각이 나서 군침이 도는데, 쫄면이 참 맛있었다. 누가 뭐래도 쫄면은 양념 맛. 채소가 많이 들어간 것도 아닌데, 그 소박하게 생긴 녀석이 이렇게 맛있을 수가 없다. 만두와 같이 먹으니 부산이나 춘천에서 튀김만두와 함께 먹었던 쫄면과 매우 다른 식감을 낸다. 잘못 물면 입천장을 뚫는 바삭한 튀김만두보다, 지지듯 살짝 구워 야들야들한 느낌이 살아 있는 납작만두가 훨씬 부드럽다. 튀김만두는 안에서 육즙이 튀어나오면서 면이랑 뒤섞이는데, 납작만두는 우리 모두가 좋아하면서도 피하고 싶어하는 마성의 밀가루 맛! 그 맛이 쫄면이랑 조화를 이룬다.

다음은 대구의 대표 분식이라는 매운 어묵이다. 아저씨가 또 서울에서 내려온 촌사람에게 디렉션 내리신다.

"여 콩나물이랑 얹어가 꼭 같이 드이소."

얌전히 아저씨의 지시를 따른다. 국물이 해장에 그만이다. 해장에는 고춧가루 국물도 좋지만, 고추장을 푼 묵직한 맛이 최고다. 먹다가 정신을 차려보니 이마에는 땀이 송글송글 맺히고, 입에서는 어어~ 하는 괴성이 절로 튀어나온다. 어려서는 느끼지 못했던 온몸이 오그라드는 쾌감, 뜨거운 난로 위에서 구워지는 마른 오징어처럼 사지를 돌돌 말게 되는 순간 터져 나오는 탄성인 것이다.

다음 날 KTX를 타고 서울로 돌아오는 길. 그게 뭐라고, 납작만두가 삼삼하게 생각이 난다. 쫄면도 맛있었지만, 납작만두의 밀가루 맛, 간장 맛이 계속 입에 도는 게 신기했다. 밀가루 피에 당면 조금 들어간 게 다인 그 만두가 왜 그리 떠오르던지.

대구 사람들은 이 납작만두를 맛이 아니라 '추억'으로 먹는다고 한다. 어떤 분은 야구장에서 아들내미와 함께 먹었던 납작만두가 그립다고 하고, 또 다른 분은 납작만두 지질 때의 기름 냄새를 잊지 못해 대구를 떠나와서도 택배로 받아서 먹는다고 한다. 또, 납작만두에 간장 뿌리는 맛으로 먹는다고 한다. 역시, 주인아저씨가 "납작만두는 이래 먹는 거."라면서 간장을 훅 뿌린 이유가 있었다. 평소에 가까이 있었을 때는 그리 별미도 아닌 것이, 대구를 떠나면 이게 웬일인가 싶을 정도로 그립다고들 한다.

나 또한 삼삼하게 아른거리지만, 택배로 다시 주문하기에는 겁이 조금 나는, 그렇다고 안 먹기에는 아쉬움이 남는 만두다. 다시 만나는 건 싫은데 보고는 싶은, 헤어진 애인 같은 만두랄까. 막상 먹을 때는 '이렇게 먹는 만두도 있구나.' 정도의 호기심이 이는 음식이었는데, 이제는 대구 하면 단연코

"쫄면에 납작만두!"를 외치게 되었다.

　대구는 막창도 맛있고 두툼한 생고기도 그렇게 맛있다고 하니, 다음에 대구 가면 일단 납작만두 한 판 해치우고 나서 하나하나 섭렵해봐야겠다. 대구에 또 가야 할 이유가 생겨서 좋다. 참, 이곳에서는 군만두가 아니라 '꾼만두'인 것을 잊지 말자!

미성당납작만두 현대점

대구광역시 중구 달구벌대로 2063.
반월당역 18번 출구로 나와 현대백화점을 지나가다 보면 만날 수 있다. 모든 메뉴가 포장 가능하다.
매일 10:30~23:00.
월 1회 현대백화점 휴무일에 휴무(일정하게 정해진 날이 아님).

전골 1인분도 두 팔 벌려 환영!
알싸한 만둣집

지금 내 본적은 강화도 내가면 외포리다. 전남편과 혼인신고 하면서 이렇게 되어버렸고, 헤어지면서 도로 돌려놓는 방법을 몰랐던 데다 본적이 뭐 그리 중요한가 싶어 놔둔 탓에 유지되고 있다. 명절마다 제사 지내고 난 뒤, 음식들 주섬주섬 싸가지고 뒷산의 묘소(누구의 묘소인지도 모르면서)에 헐떡대고 올라가 절하고 다시 내려오는, 고단하던 나날들이 강화에 남았다. 외포항의 경치가 뭐며, 전등사의 고즈넉함은 또 뭔가.

강화에 발을 내디디면 빨리 뒤돌아 집으로 가고 싶기만 했다.

한동안 이쪽으로 고개도 돌리지 않았다. 하지만 최근 몇 개월 동안 만두를 먹으러 전국을 돌아다니고 있는데, 좋든 싫든 추억의 한 자락이 펼쳐진 강화를 차마 뺄 수는 없었다. 강화에 오면 늘 생각나는 전 부치는 냄새, 순무김치 익어가는 쌉싸름한 맛, 애기들 울음소리 그리고 추운 겨울 바닷바람……. 다시는 돌아가고 싶지 않은데, 그때를 떠올리면 아련해지는 묘한 기분. 오감을 꽉 채우는 옛 기억의 테이프를 천천히 돌리며 한 끼, 만두 식사 느릿하게 해보고 싶었다.

오랜만에 강화를 찾은 길에 먼저 보문사를 찾아 부처님께 인사 올리고, 윤회해서 다시 태어나지 않는 해탈의 경지에 이른 분들이라는 오백 나한도 만나고 왔다. 한 분 한 분 어쩜 이리 표정이 다양한지. 어떤 나한은 익살스럽고, 또 다른 나한은 멍 때리고 있고, 나를 보고 활짝 웃어주는 나한도 있다. 가만히 앉아 요모조모 표정들을 보고 있으니 참 재미있고 귀엽다.

오백 나한과 헤어지고 나서 찾은 만둣집은 선원면의 '개성 손만두'. 전골 요리 전문점이다. 강화도는 남북으로 길쭉하게 생겼는데 선원면은 그 가운데쯤 자리하고 있다. 유명한 전등사는 저 아래 길상면에 있다. 강화의 땅은 비옥한 붉은 황토인지라 쌀을 비롯하여 나는 음식들이 모두 맛있기로 유명하다. 특히 속노랑고구마와 순무는 강화도의 대표 특산물. 순무김치는 강화도 어딜 가나, 어떤 사람에게 사나 무조건 맛있다. 아무 동네 구멍가게에서 사도 맛있고, 전등사 앞에서 사도 맛있고, 보문사 앞에서 사도 맛있다. 재료가 좋아서 그런지, 강화의 음식점들 솜씨는 대부분 평타 이상이었던 기억이 난다. 기대를 안고 만둣집으로 향한다.

이 집의 메뉴 구성은 간단하다. 메인은 만두전골이고 특이하게도 왕새우튀김이 있어서 꼬마 손님들의 입맛을 사로잡는다. 손만두는 접시에 내오는 찐만두를 이른다. 대부분의 식당에서 전골이나 찜류는 '2인 이상'만 주문을 받는다. 이 집도 예외가 아니었다. 메뉴판에 '2인 이상'이라는 단서가 붙어 있었다.

우리나라의 끼니는 밥과 국, 혹은 찌개에 여러 반찬들로 구성되어 있다. 어느 식당을 가도 한 사람이 가든, 세 사람이 가든 각자 주문한 주요 메뉴, 밥과 국을 제외하고는 반찬 구성은 똑같다. 아주 흥미롭게 본 일본의 드라마 〈고독한 미식가〉한국 편에서 주인공 고로 상이 서울 돼지갈빗집에서 들어가서 무려 고기를 '1인분만!' 달라고 한다. 그런데 방송이어서 그런가, 주인은 네에~ 하고 얌전하게 주방에 들어갔다 나오면서 우리가 고깃집 가면 먹는 반찬들, 즉 콩나물, 부추절임, 파김치, 잡채, 감자사라다(발음 주의! '샐러드'가 아니라 '사라다'다) 등을 내온다. 이에 고로 상은 주문하지도 않은 반찬들이 줄줄이 나오는 것을 보고 깜짝 놀라며 감동하는데, 한국인이 1인분을 주문할 때 뭔가 미안해지는 정서는 전혀 모를 터. 게다가 카메라가 돌아가지 않았다면 "고기는 2인분부터 됩니다."라는 말을 들었겠지.

《양식의 양식》(송원섭·JTBC '양식의 양식' 제작팀, 중앙북스, 2020)에서는 '식당에 혼자 오면 미안한' 한국인의 정서를 정확히 짚어놓았다.

'두 사람에게 내놓아도 될 양의 반찬을 나 혼자 독차지하는 것은 식당 주인에게 부당한 손해를 끼치는 것이 아닌가'를 생각하기 때문에 미안하고 염치없다는 생각이 드는 것이다.

《양식의 양식》165쪽)

이렇게 책과 드라마를 인용해가면서 길게 쓰는 이유가 있다. 이 집에서는 1인 전골이 가능했기 때문이다! 메뉴판에도 '2인 이상 주문 가능'이라 씌어 있는 것을 보고 '2인분 시켜서 먹다가 남으면 하는 수 없지.'라는 각오였는데, 뜻밖의 기쁜 소식을 듣고 덩실덩실 춤이라도 추고 싶었다. 찐만두는 먹다가 남으면 싸 오면 되지만, 만둣국이나 만두전골의 만두는 이미 국물에 뭉그러져서 아쉬워도 두고 나올 수밖에 없으니 말이다.

드디어 내 앞에 놓은 만두전골 1인분의 위엄! 한 솥을 어찌다 먹나 싶을 정도로 넉넉했다. 나는 혹시나 해서 이것이 정말 1인분인지 한 번 더 물어봤다. 그랬더니 당연하다는 듯이 1인분이라고 하신다. 오히려 누가 더 오시냐고 되묻는다. 전골의 구성이 무척 싱싱하다. 청경채에 배추, 버섯, 단호박, 애호박 등 채소가 푸짐하게 들어가 있다. 만두만 건져 먹어도 배부를 정도로 커다랗고 실한 만두가 네 개나 들어가 있는데

칼국수 면에 떡까지 들어 있다. 제대로 한 끼 즐길 수 있겠다. 기본 반찬은 김치와 양념한 단무지. 단무지를 좋아하는데, 이렇게 고춧가루에 참기름 좀 쳐서 조물조물 무쳐놓은 것을 특히 좋아해서 가끔 집에서도 해 먹는다. 여기서 만나니 또 반가웠다. 반찬 리필은 직접 해야 하는데, 가게가 넓어 꽤 걸어갔다 와야 한다.

냄비에 끓고 있는 전골을 국자로 자박자박 누르다가 다 끓은 것 같아서 국물을 한 입 떠먹어보았다. 세상에! 강렬하다! 시원하게 칼칼하다. 전골 국물이 굉장히 맑아서 이런 맛은 기대하지 않았는데, 정말 맛있게 맵다. 전날 마셨던 소주가 피부를 거쳐 쪽쪽 증발해 나가는 듯하다. 이곳의 만두전골은 만두를 건져 먹기도 전에 이미 10점 만점에 10점이다. 국물만으로도 이곳에서 식사할 이유가 충분하다.

국물 속에서 고기만두 두 개와 김치만두 두 개가 익어가고 있다. 작은 국자로 만두를 건졌는데, 국자가 다 보이지 않을 정도로 만두가 실하다. 반찬으로 나온 김치도 아주 품격 있는 시원한 맛이다. 만두에 얹어서 먹으니 조화가 훌륭하다. 고기만두 소에 든 돼지고기, 숙주, 파, 두부 등의 맛이 어디 하나

치우침 없다. 가끔 고기만두에서 두부 맛이 너무 강하게 나서 쉬이 질릴 때가 있는데, 이곳의 고기만두는 고기와 두부의 균형이 잘 잡혀 있다. 김치만두 역시 칼칼함이 살아 있다. 반찬으로 나온 김치를 먹을 때 이미 알았다. 김치만두가 분명히 맛있을 줄.

전골은 뜨거운 건더기를 건져서 간장에 찍어 먹는 맛이다. 맑은 간장이 푹 익힌 채소와 떡을 입으로 끊임없이 들어가게 해준다. 특히 싱싱한 배추를 건져서 간장에 찍어 먹을 때 느끼는 고소함은 어려서는 몰랐던 맛이다. 어릴 때 제사가 있어 할아버지 댁에 가면 어른들은 빠지지 않고 배추전을 부쳤다. 그때는 "저걸 도대체 무슨 맛으로 먹냐."며 거들떠보지도 않았는데, 요즘은 마트에서 노란 알배기 배추를 보면 집어 와서 밀가루 곱게 푼 물을 입혀 기름에 지져내고 싶다. 배추전은 늘 눈에 아른거린다.

국물 속에서 만두와 함께 변주되며 제맛을 내는 전골의 내용물들을 하나하나 알뜰하게 음미하고 나면, 마지막 하이라이트는 바로 칼국수! 우리나라 사람들은 고기를 먹든 찜을 먹든, 큰 그릇 혹은 철판에다가 지지고 볶아서 푸짐하게 다

이렇게 실한 만두가 들어 있는 만두전골.

그러나 만두를 건져 먹기도 전에 10점 만점에 10점이다.

국물만으로도 이곳에서 식사할 이유가 충분하다.

먹고 나서 의식처럼 치르는 단계가 있다. 면 아니면 밥으로 마무리하기.

꼭 시차를 둔다. 식사를 시작하면서부터 볶음밥을 만들어 달라거나 국수사리를 달라고 하는 사람들은 없으니까. 한국인은 이렇게 면이나 밥 피날레가 없으면 허전하고 밥을 먹은 것 같지 않아서 일어나기 섭섭하다. 1인분 전골의 칼국수 면은 처음 전골이 나올 때부터 냄비에서 보글보글 끓고 있었는데, 식사의 대미를 장식하기 위해 남겨두었다. 즐거운 한 끼가 이렇게 마무리되어간다.

이곳엔 만두 빚는 전문가들이 있다. 한 분은 김치만두, 다른 한 분은 고기만두를 부지런히 만들고 있다. 이 집의 상호를 정확히 이야기하면 '경복궁개성손만두'다. 2016년에 창업한 프랜차이즈 만둣집인데, 프랜차이즈라는 선입견 때문에 맛이 다 똑같고 하향 평준화되어 있는 것 아닐까 하는 문의를 많이 받았다고 한다. 프랜차이즈 만둣집이라 같은 공장에서 만든 똑같은 만두 받아서 찌는 곳 아닌가 하는 의문 말이다. 그러나 잘 관리된 프랜차이즈라면 맛이 다 똑같아야 한다. 사람들의 우려와는 반대로 상향 평준화되어 있어야 한다는 의미다.

그런 면에서 '경복궁개성손만두' 이곳, 참 운영 잘하고 있는 것 같다. 검색해보면 대번에 알 수 있듯, 다산 신도시면 다산 신도시, 일산이면 일산, 강화면 강화, 각각 마을의 맛집으로 소문이 자자하다. 본사에서 일괄적으로 공장 만두를 만들어서 각 지점으로 보내는 방법이 훨씬 편리한데다 유통업으로 확대되니 돈도 많이 벌 수 있을 것이다. 하지만 이렇게 지점마다 '손'으로 빚은 만두를 고집하는 것에 박수를 보내고 싶다. 프랜차이즈 지점에서 만두를 손으로 빚어 판매한다는 선택은 인건비에 재료비까지 보통 용기를 내야 하는 것이 아니니까. 간판부터 메뉴판, 명함까지 BI를 통일해서 브랜드 관리도 무척 잘하고 있는 점도 감탄스럽다.

빵빵해진 배를 탕탕 치면서 나왔는데도 어찌나 속이 편안하던지, 커피 한 잔 마시니 소화가 다 된 느낌이 들었다. 당연한 이야기이지만, 좋은 재료로 정성스레 만든 음식은 속을 편안하게 해준다. 이것이 바로 먹고 뒤돌면 배고프다는 그 마법인가!

행복한 한 끼 식사를 마치고 목도리를 두르며 나오니, 강화에 눈이 내리고 있다. 비록 싸리눈 잠깐 내리다 말았지만, 잠시 눈을 맞고 싶어서 그대로 서 있었다. 아직도 어린아이 같은 마음이 커 지금도 눈 오는 날을 좋아하고 그런 날에는 마음이 설렌다. 앞으로 환갑이 넘어도 눈 오면 그저 좋고, 크리스마스트리 장식하면서 행복한 사람으로 살았으면 좋겠다.

1인분 만두전골, 미안할 정도로 풍성한 식사였다.

경복궁개성손만두 강화점
....

인천광역시 강화군 선원면 강화동로 1004.
찬우물고개삼거리에서 선원초등학교 쪽으로 가다 보면 왼편에 건물 위로 올린 커다란 간판이 보인다.
매일 11:00~21:00.
연중 무휴.

깜짝 놀랄 모양,
눈도 입도 호강하시길

    만두 아쉬울 것 없는 서울에 살아 좋긴 한데, 오래전부터 아랫동네 만둣집들이 너무너무 궁금했다. 남쪽 지방에서는 명절에 만둣국 안 먹고 떡국 먹는다는 이야기도 들었고, 만두로 유명한 맛집이 없다는 풍문도 들었던 터라 망설이기는 했지만 백문이 불여일견. 가고 싶은 만둣집을 찾아 리스트를 짜고, 부산지하철 노선도를 프린트해 동선을 정리하며 2박 3일

만두 여행을 준비했다.

부산지하철 노선도에 이것저것 메모를 하는데 눈이 얼마나 침침하던지. 나이 들면 몸이 하나둘씩 고장 나기 시작한다지만, 내 몸의 어떤 부분보다 눈 기능 떨어지는 것이 아쉽고 또 아쉽다. 결국, 두 다리가 성할 때 맛있는 것 많이 먹으러 다니고, 알토란같이 시간을 쓰며 재미나게 살 일이다.

2박 3일이 긴 시간 같지만, 하루 세끼 한정된 내 뱃고래는 하루 두세 군데에서의 만두 식사만 허용한다. 많이 다녀봤자 사흘 동안 다섯 군데 가겠다는 계산으로 중국식 만둣집은 제외, 호빵과 찐만두를 파는 집도 제외했다. 부산에 도착한 후 첫 방문지는 동래구 명장동의 태산손만두칼국수. 선택의 순간에는 무조건 '느낌'으로 만사를 결정했던 나는 이 집 만두의 막강 비주얼에 홀려 꼭 가고야 말겠다고 생각했던 것이다.

명장역 3번 출구로 나와서 같은 방향으로 가다 보면 '맨션'이라고 쓰인 아파트가 나오는데, 거길 끼고 왼쪽으로 올라가다 보면 멀리서 '태산손만두칼국수' 간판이 반긴다. 메뉴만 보아도 전형적인 한국 만둣집이다. 토요일에 문을 안 열면 어떡하나 싶어서 미리 전화를 하고 온 참인데, 내가 아침 11시 첫 손님이었다. 가게에 들어서자마자 받은 느낌은 '와, 깔끔하다!' 잘 닦여서 반짝반짝한 깔끔함도 있지만, 주인장께서 정리의 달인인가 보다. 모든 물건이 제자리에 놓여 있고 사방에서 '각 잡았음'이 느껴진다. 이런 공간에 들어오면 무척 편안하다. 자리를 잡고 앉아서 슬쩍 보니 양념통 또한 이렇게 깨끗할 수가 없다. 전혀 끈적거리지 않고, 고춧가루도 마치 좀 전에 새로 담아둔 것 같다. 딱 보니, 주인아저씨가 잠시도 쉬지 않고 행주로 이곳저곳을 닦고 다닌다. 어디 한 곳 먼지 한 톨이 없다. 음식점에서 젓가락, 숟가락은 꼭 밥뚜껑 위에 올려놓거나 찜찜해도 냅킨 위에 올려놓게 되는데, 이 집은 안심하고 테이블 위에 젓가락을 놓을 수 있었다. 깨끗하기로는 내가 다녀본 가게 중 전국 1등이다.

주문을 받으면 새벽에 미리 빚어놓은 만두를 찜기에 올려 한 김 쪄서 내준다. 드디어 아저씨께서 김이 폴폴 나는 만두를 들고 나오는데, 와! 하고 저절로 탄성이 나왔다. 만두가 꽃처럼 화려했기 때문이다. 예상보다 크기가 좀 작았지만, 진짜 아름답다. 투명한 박사 고깔이 나빌레라……. 투명한 만두피,

하늘거리는 날개. 마치 중국 딤섬 사오마이 같다.

나는 피가 빵처럼 두껍고 폭신한 것보다는 얇은 만두를 더 좋아하는데, 이 만둣집은 얇은 만두피의 정교함, 아름다움의 극치를 보여준다. 평소에는 먼저 한 입 베어 물거나 숟가락으로 반 갈라서 사진을 찍은 다음에 한 개씩 천천히 먹기 시작하는데, 이 만두는 그럴 새도 없이 홀리듯 한입에 삼켜버렸다.

김치만두에도 고기가 많이 들어가서인지 김치의 매콤한 맛은 크게 드러나지 않는다. 시뻘겋고 걸쭉한 여느 부산 음식과는 달리 맛이 부드럽다. 이것이 뜻밖의 장점이다. 고기만두로 오면 그 육질이 제맛을 발휘하는데, 만두피는 만두소에 녹아서 없어지는 것같이 느껴진다. 어느 만둣집을 가도 매운 김치만두를 편애해왔는데, 태산손만두에서 나의 편견이 깨지려고 한다. 고기만두 참 맛있다, 참 맛있어.

만두소에는 우리나라 만두답게, 고기에 부추, 양파 잔뜩 들어 있다. 배도 안 부르고 속도 편안한 것을 보면 재료도 좋은 것을 쓰는 듯하다. 좋은 식재료는 입에서만 재미나게 놀고, 내 몸도 모르는 사이 어디론가 조용히 흡수된다. 대표적인 고열량 음식인 만두를 먹으며 가벼움을 느끼다니!

꽃처럼 화려한 만두. 이 만둣집은
얇은 만두피의 정교함, 아름다움의 극치를 보여준다.

만둣집에 가서 만두 맛있게 먹으면 그만이지만, 기왕이면 주인장 이야기도 듣고 싶다. 만두 맛의 비결도 궁금하지만, 그냥 사는 이야기가 재밌다. 만약 주인장이 이야기하는 것을 좋아하고 성정이 살갑다면 금상첨화. 오늘처럼 만둣집 문 여는 시간에 맞춰 가면 다른 손님이 없어서 이야기를 좀 더 편하게 들을 수 있다. 운 좋게 한두 마디로 시작해서 아예 주인장이 자리 잡고 앉아서 본격 인생 이야기를 펼쳐놓을 때도 있다. 가끔은 말을 붙여보고 싶어서 "만둣집에 관한 책을 쓰고 있는데요." 하며 내가 운을 뗄 때도 있다. 이 말에 대한 반응은 극단적이다. 좋아라 하며 만두와 함께해온 인생을 줄줄 푸는 분이 있는가 하면, 시큰둥해하거나 어색해하거나 심지어 나를 경계하는 분도 있다. 그런데, 내가 미처 생각하지 못한 것이 있었다. 나는 만둣집 사람들의 이야기를 듣고 싶어서 말을 건 것인데, 만두 맛을 심판하러 온 사람처럼 느껴질 수도 있는 것이다. "이거 한 병 드이소." 하고 음료수를 건네는 주인아주머니 얼굴에서 부담감을 읽고 말았다.

이 집에서는 하루에 80인분 정도를 판다고 한다. 한 판에

12개이니 주인아저씨와 아주머니는 대략 960개에서 1,000개의 만두를 매일 빚어내는 것이다. 이 가게는 17년 정도 되었는데, 5년 전에 인수한 후 전 주인이 전수해준 레시피로 만두를 빚어오고 있다고 한다. 주인아저씨, 아주머니에게 이 만두 레시피는 평생 보물일 것이다. 그리고 이 레시피를 물려준 전 주인에게도 이분들은 귀인일 것이다. 이렇게 깔끔하게 가게를 운영하며 '태산손만두'라는 이름에 누가 되는 것은커녕, 나 같은 팬을 끊임없이 만들고 있으니 말이다.

이 근사한 경험은 남은 만두를 포장해 돌아와서 마무리되었다. 다음 날 아침 식사로 태산손만두를 펼쳤을 때, 그 맛은! 식은 만두가 더 맛있을 수 있다는 것을 다시 한 번 느껴보는 아침이었다.

태산손만두칼국수

....

부산광역시 동래구 시실로 209-1.
부산지하철 명장역 3번 출구에서 190미터 거리에 있다.
매일 11:00~20:30.
일요일 휴무.

딱 부산 만두,
화끈한 만두

부산진구 개금시장의 터줏대감이라는 '양가손만두'는 2박
3일 부산 만두 여행의 마지막 만둣집이었다. 부산에 내려간
첫날은 내려가자마자 피곤해서 뻗었고, 둘째 날 최선을 다해
동선을 짜고 여기저기 가보려 했는데 무리였다. 만둣집 다섯
곳을 돌아보려 했지만, 세 번째 집인 이곳 양가손만두에서 여
정을 마무리하게 되었다. 그런데 이 마지막 집이 대박!

이날도 쉬지 않고 부산 이곳저곳을 돌아다녔다. 개금역 1번 출구로 나와 걸어가다 보면 오른편으로 개금시장이 나온다. 쉬엄쉬엄 올라가면서 두리번거리며 시장 구경도 한다. 시장에는 저게 팔리나 싶은 물건들도 늘 한 아름 진열된다. 장사가 끝나면 또 다 걷어가지고 갔다가 다음 날 다시 펼쳐놓겠지. 시장통을 따라 올라가다 만난 양가손만두는 이곳 못지 않게 유명한 '개금밀면'에서 걸어서 1분 거리에 있다.

양가손만두는 1976년부터 같은 자리에서 변함없이 장사하고 있다. 사람으로 치면 나이를 먹을 만큼 먹은 중년의 가게인 것이다. 중간에 한 번 리모델링을 했다는데, 그래서인지 가게 내부는 깨끗하고 아늑했다. 이 집의 주메뉴는 김치만두, 고기만두 그리고 군만두다. 또한 쫄면, 잔치국수, 만둣국, 라면 같은 분식류도 착한 가격으로 두루 갖춰놓았으니, 여러 명이 가면 이것저것 시켜서 먹어봐도 좋을 듯하다.

이곳 만두의 특징은 만두피가 몹시 얇다는 것이다. 그래서 군만두 주문할 때 유의사항에도 나와 있다. 만두피가 몹시 얇아 한 번 쪄낸 만두가 식어야 구울 수 있으니, 혹시나 식은 만두가 없을 때는 군만두를 내드리지 못한다고 말이다.

벽을 바라보고 테이블에 앉아 만두를 기다린다. 만두를 주문하고 기다리는 그 시간은 늘 설렌다. 특히 배가 고프면 더더욱! 계산대 옆에서는 쉴 새 없이 만두 빚는 손들이 움직이는데, 모두 가족이라고 한다. 구석에서 허리를 구부리고 조신하게 만두를 빚고 있는 할머니가 1976년 양가손만두 개업의 주역이신 듯.

속이 유리알처럼 비치는, 따끈한 만두가 앞에 놓였다. 크기도 한입에 쏙 넣어서 먹기 딱 좋다. 좋아하는 김치만두를 먼저 집었다. 김치가 아삭아삭 씹히는, 진하고 강한 맛의 김치만두였다. 적당히 맵싸하기도 하고 고기도 듬뿍 들어서 한입, 아주 만족스럽다. 이래서 양가, 양가 하는구나 싶어 입꼬리가 절로 올라갔다. 간장 또한 손님이 대충 식초, 고춧가루 섞어서 찍어 먹는 것이 아니라 미리 황금비율로 간이 맞춰져 나오는데, 요것도 한몫한다. 역할의 비중이 크다.

고기만두 또한 누가 뭐라 해도 고기만두라고 강력히 주장하는 맛. 뭐라고 설명해야 할까, 열정적인 부산 사람들 같은 맛이다. 밍밍하거나 슴슴한 것과는 거리가 멀다. 고기 있어야 할 곳에 고기 꽉 채워져 있고, 부추 넣어야 할 곳에 부추 왕창

고기 있어야 할 곳에 고기 꽉 채워져 있고, 부추 넣어야 할 곳에 부추 왕창 때려 넣고,

김치는 '적당히'가 아니라 새빨갛고……. 그런 만두다.

때려 넣고, 김치는 '적당히'가 아니라 새빨갛고, '나, 김치 여기 있어요.' 하고 티내듯 아삭아삭 씹히고……. 얌전하지 않은, '부산스러운' 만두다.

1976년부터 지금까지 이어진 세월의 저력이 이미 명품의 반열에 오른 것 아닐까. 자식들은 가게를 물려받아 운영하고, 이 얼마나 소중한 유산인지! 이런 대를 잇는 문화유산과도 같은 가게는 더 많아져야 하겠다. 실제로 남구 대연동에 양가손만두 '큰아들점'이 있다고 하니 참고하시길.

부산 지역 만둣집에만 있는 메뉴가 있다. 양가손만두는 그런 형태가 아니지만, 만두를 '만둣국밥'의 형태로 내주는 것이다. 만둣국에 공깃밥 그리고 두세 가지 반찬들로 구성된 한 상이다. '만두백반'이라는 이름을 내세운 식당을 부산에서는 심심치 않게 볼 수 있는데, 덕천동의 '평양집'이 대표적인 예다. 만둣국에 달걀말이 반찬까지 나온다. 그리고 영도의 '복성만두'도 그렇다. 만둣국과 공깃밥에 딸린 반찬이 김치, 단무지 포함해서 너덧 가지나 된다. 만둣국에 단무지 아니면 김치 정도만 곁들여 내는 서울·경기 쪽과 사뭇 다르다.

안타깝게도 위의 두 집은 당시 부산 여행에서 들르지 못했다. 부산에 머무른 마지막 날이 일요일이었는데, 일요일에는 음식점들이 대부분 문을 닫는다는 사실을 예상하지 못했던 터. 서울에서는 대형 마트 쉬는 날만 헤아렸지, 음식점이 일요일에 쉴 거라는 생각을 하지 못했다. 부산에 와서야 '아, 일요일은 쉬는 집이 많구나!' 하고 탄식하며 서울행 KTX를 탔더렸다.

저녁이 되어 숙소로 돌아온 내 손에는 태산손만두과 양가손만두, 두 집에서 포장해 온 만두가 들려 있었다. 식탁에 앉아서 두 개의 포장을 펼쳐놓고 태산 만두 하나, 양가 만두 하나, 태산 하나, 양가 하나…….

극강의 얇은 피 만두 양대 산맥, 맛 대결의 결과는? 상상에 맡긴다!

양가손만두

- -

부산광역시 부산진구 가야대로482번길 16.
개금역 1번 출구로 나와 387미터 거리에 있다.
매일 10:30~20:00. 만두 재료 소진 시 마감.
화요일 휴무.

야구공만 한 왕만두,
품격의 분식점

　전라도 쪽으로 와본 지도 오래되었고 만두 맛도 꽤 궁금했던지라, 주말을 이용해서 익산으로 날아왔다. 손맛의 고장 전라도. 만두에도 특별함이 있지 않을까 하는 기대를 안고 익산을 거쳐 전주를 돌아볼 셈이었다. 저녁 늦게 익산에 도착해 오랜 시간 운전한 여독을 풀고, 이튿날 아침 희망에 부풀어 갈산동의 분식집 '고려당'을 찾았다.

여기에서 잠시! 분식집을 처음 소개하는 것은 아니지만, 여기서 한 번 '분식'의 뜻을 짚어보기로 한다. 보통 분식집 하면 우리 주변에 거의 한 집 걸러 하나 있는 '김밥천국'과 같은 곳을 생각한다. 김밥이나 만두, 라면 같은 간식을 파는 곳, 그리고 간단하게 끼니를 때우기도 하는 곳 말이다. 그런데 얼마 전 알게 되어 깜짝 놀란 사실이 있다.

분식의 한자를 보면 '가루 분(粉)'에 '먹을 식(食)'이다. 알곡을 가루 내 반죽으로 만들어 조리한 국수, 빵, 만두 같은 음식, 혹은 그런 음식을 먹는 음식문화가 바로 분식이다. 쌀을 가루 내면 쌀가루, 밀을 가루 내면 밀가루. 20여 년 전쯤 베트남식 쌀국숫집이 들어와 인기가 높아지기 전까지, 우리나라에서 분식은 대부분 메밀가루나 밀가루로 만든 음식이었을 터다.

정부에서 혼분식 장려한답시고, 학생들의 도시락 밥통 뚜껑 열어서 흰밥만 넣어온 녀석이 있나 검사하던 때도 있었다.

하루는 엄마가 깜빡 잊고, 콩이나 보리를 안 섞고 밥을 지은 바람에 밥통을 열어보고 아침에 울고불고했던 적이 있다. 선생님한테 혼날까 봐. 그랬더니 엄마가 뭔가를 결심한 듯 분연히 일어나 부엌으로 가더니 밥솥에서 밥이랑 같이 찐 뜨거운 고구마를 꺼내 손으로 조각조각 부숴 밥 위에 꽂기 시작했다!

살림에 그다지 꼼꼼하지 않은 엄마가 고구마를 작고 예쁘게 조각낼 리가 없다. 게다가 마음도 급했겠다, 김 펄펄 나는 고구마를 숭덩숭덩 부러뜨려(?) 밥에 꽂는데 이렇게 한심할 수가. 하지만 등교 시간이 얼마 안 남았기에 대충 받아서 학교로 뛰어갔다.

4교시 끝나고 점심시간까지 가슴이 콩닥거려서 죽을 뻔했다. 도시락 검사를 하는 담임선생님 앞에서 떨리는 손으로 뚜껑을 열었을 때 선생님의 콰하하하 웃음소리, 지금도 생생하다. 오늘도 밥을 먹을 수 있겠다는 안도감(당시에는 쌀밥만 싸 온 학생들의 도시락을 선생님이 뺏어서 밥을 못 먹게 했다. 과연 억압과 야만의 시절이다!), 선생님한테 혼나지 않았다는 안도감 등이 밀려왔던 그날의 기억들이 방울방울⋯⋯.

반면, 곡물을 알곡 그대로 조리하여 먹는 음식, 혹은 음식문화는 입식(粒食)이라고 한다. 쌀과 보리 같은 알곡을 그대로 찌든 끓이든 해서 먹는 방식이다. 그러니 분식집의 대표 메뉴인 김밥은 엄밀히 따지면 분식이 아니라 입식이다. 하지만 시간이 흐르면서 단어의 뜻도 사용처도 흐르고 흘러 달라지는데,

대세에 큰 영향이 없다면 쓰던 대로 쓰는 것이 마음에 든다. 고려당이 '분식집'임을 알려드린다는 것이 이리 길어졌다.

고려당에는 오후 1시가 조금 안 되어 도착했는데, 사람이 많았다. 한창 점심시간 끝물이어서 그럴 수도 있지만, 워낙 줄 서서 먹는 집이라 한다. 다행히 구석진 곳에 자리를 잡을 수 있었다. 앉자마자 깨끗하게 준비된 양념통이 보인다. 음식점 들어가면 제일 먼저 테이블을 한 번 슥 문질러본다. 구석구석 깨끗하게 관리된 양념통과 정갈하게 빛나는 테이블이라니, 분식점에서 이렇게, 거의 완벽할 정도로 청결을 유지하기 어려운데, 만족스럽다.

이 집은 소바와 만두가 시그니처 메뉴란다. 원래 소바도 사이즈가 하나였는데, 찾는 손님들이 많아서 대·중·소로 나누어서 판매하기 시작했다고 옆 테이블에 앉은 연인들이 소곤댄다. 이런 사연까지 아는 걸 보니 이곳을 오랫동안 다닌 단골 같았다. 정보도 얻었겠다, 나는 만두와 메밀소바 '대'를 호기롭게 주문했다. 소바는 '대'가 아니라 '특대'가 있어도 후루룩 들이켤 자신이 있었는데, 이 집 만두가 슈퍼 왕만두로 유명해 잠시 망설였다. 아, 정신을 차리자, 내가 만두 먹으러 익산까지 온 거지!

이날의 하이라이트는 주인아저씨다. 사람이 이렇게 북적이는 바쁜 만둣집에서는 당연히 뒷이야기 취재가 거의 불가능하다. 오늘은 어떤 포인트에 맞춰서 만두를 먹어볼까 하고 조용히 궁리하던 중, 천운으로 손 씻고 나오는 길에 친절하신 주인아저씨를 화장실 앞에서 만났다. 아저씨를 붙들고 속사포처럼 이것저것 물었다.

"가게 시작하신 지는 얼마나 되셨어요? 되게 오래됐을 것 같은데……."

"1972년부터 시작했습니다. 그때는 저희 아버지하고 이모부님이 하시기 시작했구요, 이모부님께서 돌아가시고……."

"돌아가시고……"에서 고개를 살짝 갸웃한다. 예의 바르고, 친절한 모습.

"이모부님께서 돌아가시고, 지금 아들이 물려받아서 하고 있는 겁니다."

아드님이 바로 이분이다. 음식이 나올 때도 그냥 놓고 가시지 않는다.

"실례합니다. 음식 놓아드리겠습니다. 맛있게 드십시오."

내가 주문한 소바도 주인아저씨의 정중한 인사 뒤에 테이블에 놓았다. 이렇게 정성스러운 태도, 고개 숙이고 하는 인사말 하나하나가 이 가게의 품격이다.

소바 국물은 쓰유에 물 탄 것 같은 다디단 맛이 아니고, 멸치, 디포리, 다시마 등등을 잔뜩 넣고 오랜 시간 잘 우려낸, 깊은 해산물 맛이다. 어떤 이들은 그런 강한 해물의 맛이 거북하다고도 하지만, 나는 그 향이 아주 좋았다. 국물과 어우러지며 메밀 향이 미끈하게 올라오는 면도 좋았고.

여섯 개에 5,000원 하는 찐만두는 크기가 야구공만 하다. 크기만 야구공만 한 게 아니라 빚은 모양도 동그란 게 어찌나 탐스러운지. 어려서 겨울이 되면 먹던, 만두소도 많이 안 들어갔는데도 귀하게 한 입, 또 한 입 먹던 옛날 만두의 느낌이 난다. 두툼한 만두피도 부담스럽지 않다.

나에게 만두와 밀가루는 숙명적인 애증의 관계. 밀가루 안 좋은 것 먹으면 신물이 올라오는지라 그렇게 만두를 좋아하지만 부담스럽기도 하다. 그러나 고려당의 왕만두는 만두소

입을 크게 벌려 만두를 베어 물었는데 자꾸 소가 밖으로 빠져나온다.

여느 만두소와 같이 쫀쫀하고 찰진 것이 아니라 날아다니듯 포슬거려서 벌어지는 일이다.

가 피와 찰싹 달라붙어서, 식상한 표현을 써보자면 '아름다운 이중주'를 연주해낸다!

만두소는 잘 쪄낸 감자를 반으로 가른 듯 굉장히 포슬포슬하다. 입을 크게 벌려 만두를 베어 물었는데 자꾸 소가 밖으로 빠져나와서 당황스러웠다. 당면은 잔뜩 들어갔고, 고기 당연히 들어갔고, 파까지 들어간 것은 알겠는데, 뭘까? 양배추일까? 여느 만두소와 같이 쫀쫀하고 찰진 것이 아니라 날아다니듯 포슬거려서 입 밖으로 튀어나와 벌어지는 일인데, 속 재료들이 통통 튀는 이런 느낌, 참 재미있다. 이래서 고려당 왕만두는 간장에 찍어 먹을 수 없다. 한 손에 만두 들고, 숟가락으로 간장을 끼얹어서 먹어야 한다. 그러면 촉촉함이 배가 된다. 그래서 급하게 주인아저씨께 여쭤봤다.

"만두 식감이 굉장히 특이한데 안에 뭐 넣으신 거예요? 당면, 고기, 파 들어간 것은 알겠는데."

"저희는 무를 넣습니다."

"무요?"

아하, 무가 바로 포슬포슬 왕만두 식감의 비결이었다. 무를 넣어서 만두를 만드는 집은 처음 만났다.

"네. 말린 무를 넣습니다. 무 넣어서 만두 만드는 집은 이 주변에 우리 집밖에 없습니다."

남은 왕만두는 포장해서 돌아왔다. 너무 맛있어서 숙소에 놓고 오지 않으려고 안간힘을 썼다. '냉장고에 만두 있다, 놓고 가면 안 된다.' 나에게 세뇌시키듯 기억하고 또 기억한 끝에 소중하게 품고 집에까지 무사히 가져올 수 있었는데, 집에서 다시 먹어보니, 맛 좋다. 여전히 만두소를 질질 흘리며 먹긴 했지만 말이다.

이 맛있는 만두를 집에서도 먹을 수 있으면 좋겠는데, 전화를 걸어 확인하니 택배 판매는 하지 않는다고 한다. 고려당 분식 맛을 보고 싶다면 직접 익산으로 내려가야 한다. 가서 미륵사지 석탑도 보고 나바위성당 가서 산책도 하고 오시길. 익산, 꽤 매력적인 도시다.

고려당

전라북도 익산시 중앙로 52.
익산 중앙사거리에 있다. KTX 익산역에서 걸어서 10분.
주중 11:00~17:00, 주말 11:00~16:00. 재료 소진 시 마감.
일요일 휴무. 사정에 따라 쉬는 날 변동이 있을 수 있으니, 미리 연락은 필수!

안 동 옥 동

짱 만 두

나 홀로 드리는 헛제사, 만두

2020년 8월 말, 나의 첫 책 《시나리오 쓰고 있네》가 세상에 나온 이후 마음이 많이 분주했다. 요즘은 첫 책으로 2쇄 찍는 예도 드물뿐더러 책 한 권으로 '뜨는 것'은 거의 불가능하다. 그러니 책이 따끈따끈할 때 쓴 사람이 셀프로 홍보를 하고 다녀야 그나마 어찌어찌 좀 팔릴 것이라는 생각에 조급증이 생겼다. 그러던 중 좋은 분 도움으로 책을 영화 제작사들에 보냈는데, 거짓말같이 그중 몇 군데에서 연락이 왔다.

어느 날, 회의를 하고 있는데 전화기에서 모르는 번호가 뜨기에 나는 차 빼달라고 하는 줄 알았다. 그런데 영화사 PD님이었다. 전화를 받으며 손을 벌벌 떨었더랬다. 핸드폰을 들고 고개를 굽신굽신 숙이며 '네' 한 번만 말해도 될 것을 "네네네네네…… 네네네네……" 멈추질 않았다.

"작가님이 쓰신 글들, 제가 인터넷으로 찾아봤는데요, 이야기가 매력적이어서요."

글로만 봐왔던 표현, '이게 꿈이야, 생시야!'를 처음으로 외쳐봤다. 〈Dear My Husbands〉라는 졸작이 하나 있는데, 그걸 인터넷으로 찾아본 모양이었다. 마음을 가다듬고 다음 날 바로 그동안 써둔 원고를 보냈다.

'아, 이제 뭔가 잘 풀리려나? 어떻게 일이 흘러갈까? 원고를 보고 반응은 어떠려나?'

어느 작가나 그렇겠지만, 어디다 원고를 보내고 나면 꼭 피드백을 받고 싶은 심정이 된다. 물론 좋은 피드백이면 금상첨화고! 마음이 붕 떠서 계속 핸드폰만 쳐다보게 되었다. 이제나 오려나, 저제나 연락이 오려나.

그 마음을 안고 찾아간 곳이 안동이었다. 안동에 봉정사라는 절이 있는데, 나는 어디에 가든 절이 좋아서 꼭 찾는다. 특히 사람 손 많이 안 탄 조그만 절이면 더욱 좋다. 예전에는 소박했던 절들이 무분별한 기와 불사나 시주에 혈안이 되어 변해버리면 씁쓸한 마음이 가실 데 없다. 여하튼 붕 뜬 마음을 누르며 간 봉정사. 대웅전 앞에 책을 놓고 기도했다.

나는 불교식으로 절하는 방법을 잘 모르기도 하거니와 쑥스럽기도 해서, 그냥 부처님 바라보면서 두 손을 모으고 기도했다. 지금 종교가 무어냐가 문제가 아니었다. 적으나마 돈을 들여 촛불도 켜보고, 올라가는 길에 소원돌도 얹어보고, 또 5,000원 내고 천에다 소망을 써서 온 마음을 다해 소원줄도 매달았다. 할 수 있는 한 별짓을 다 해봤다. 이리 간절한 기다림 속에 혹시 일이 잘되지 않더라도 마음만은 평안하게 해달라고 빌었다.

예전부터 '우리 딸 대학 붙게 해주세요.' 식의 기도는 나의 기도를 받는 어떤 존재한테 미안해서 안 하고 싶었다. 대신 '대학 떨어지더라도 또 다른 기회를 주세요.' 혹은 '크게 마음 상하지 않게 도와주세요.' 정도의 선에서 타협하고 있다. 그런데 이번에는 영 욕심이 생기는지라, 말이야 이렇게 썼지만 대웅전 앞에서 대놓고 빌었다. 제발 제작사에서 연락 좀 오게 해달라고 말이다. 나 영화나 드라마 대본 한 편만 쓰고 죽게 해달라고. 이게 반백 살 바라보는 아주머니의 기도 맞나 싶다. 데뷔를 기다리는 아이돌 연습생 같기도 하고 말이다.

간절하게 기도 올린 후, 제사를 드리고 나서 제삿밥 먹듯 만두를 먹으러 갔다.

제사를 지낸 후에는 남은 전이니 산적, 나물 등을 밥에 비벼 먹곤 한다. 양반들이 터 잡고 살던 안동에서는 일 년에 평균 스무 번이 넘게 제사를 지냈다고 한다. 그러니 젯밥 비빔을 자주 먹었을 터. 그러다 보니 제삿날이 아닌 날에도 전에 해둔 적과 전, 나물을 먹게 되었는데, 제사를 지내지 않고 먹는 제삿밥이라 해서 헛제삿밥이라 일컬었다. 안동은 아예 헛제삿밥을 간장비빔밥 세트의 형태로 1970년대 중후반부터 상품화시켰다고 한다. 나는 그날 간절하게 기도를 올린 후 제삿밥 먹듯 만두를 먹었는데, 평상시에 먹었던 만두는 헛제삿밥 정도 될까.

오늘 간 곳은 안동에서 유명하다는, 옥동에 있는 '짱만두'. 새우만두가 유명한 곳이다. 가게 내부는 앉아서 만두를 먹기에는 좀 좁아서 포장해 가는 것이 좋을 듯하다. 테이블도 두 개인데다 가게에서 먹는다고 해도 너무 조용해 쩝쩝 소리마저 민망할 것 같은 분위기다. 하지만 구석구석 아주 깨끗하고 정리가 잘되어 있으니, 선택은 자유.

나는 고추새우만두, 새우만두, 고기만두, 김치만두 네 가지를 찐만두로 주문했다. 안동에 다시 왔으니 젯밥 골고루 먹으며 조상님께 기원 드리듯, 만두들 하나하나 먹어보고 싶었다. 배불러 죽었다는 사람 이야기는 못 들어봤으니.

만두를 능숙하게 포장하고 있는 분이 사장님인 줄 알았는데, 직원이라고 한다. 사장님은 근처 웅부공원 앞에 짱만두 웅부점을 오픈하는 바람에 그곳 일정이 바쁘다고. 직원께서 만두를 찌고 포장하는 동안 새로 연 가게가 훨씬 넓고 멋있는 곳이니 꼭 한번 가보라고, 꼭 가야 하는 곳이라고 강력 추천한다. 얼마나 멋진 공간이기에 저리 신신당부할까.

코로나19 때문에 남들은 가게 문을 닫느니 마느니 여기저기서 곡소리가 들리는데, 이곳은 경기를 안 타고 잘 운영해온 것 같다. 관건은 '맛'일 것이다. 그리고 '배달'과 '포장'이 주효한 듯하다. 비가 추적추적 내리는 날, 차 운전석에 앉아 포장 비닐을 뜯고 한 입 베어 문 말랑한 김치만두. 놀랄 만큼 맛있어서, 짱만두 2호점을 가보려 했던 마음을 접었다. 이 정도 맛있으면 됐지, 가게 구경이 뭐가 중요하겠나 싶었다. 매운 것을 잘 먹는 내 입에도 살짝 얼얼한 맵기였는데, 그게 마음에 들었다. 호오~ 하고 매운 기를 밖으로 빼다가 한 모금 마시는 커피 맛이 얼마나 좋은지. 마치 홍어를 먹을 때 알싸함이 쏴아아 하고 입 안에 퍼져 두개골까지 치고 올라갈 무렵, 탁주를 부어서 훅 가라앉히는 원리와 같달까.

숙소에 와서 다른 만두도 꺼냈다. 포장해 온 만두를 주르륵 펼쳐놓으니 길쭉한 만두 모양이 더욱 돋보인다. 짱만두는 피가 굉장히 얇아서 입에서 녹듯이 호로록 들어간다. 배도 부르지 않고 속도 거북하지 않은 편안한 식사를 할 수 있다. 고기만두는 양념이 잘되어서 딱 균형 잡힌 맛이었다. 새우만두? 만두에 새우가 들어갔는데 더 무슨 말이 필요한가! 고추새우만두는 여타 새우만두의 맛과 확연히 다른 매콤함이 인상적이었고, 김치만두는 한 팩 더 사 오지 않은 것이 후회될 정도

포장해 온 만두를 주르륵 펼쳐놓으니 길쭉한 만두 모양이 더욱 돋보인다.
피가 굉장히 얇아서 입에서 녹듯이 호로록 들어간다.

로 지금도 그 쨍한 맛이 삼삼하게 떠오른다.

안동의 쨍만두는 미리 만두를 빚어서 개별 포장해놓고, 찐만두를 주문하면 앞에서 바로 쪄주고, 군만두를 주문하면 직접 구운 뒤 다시 포장해서 준다. 나는 군만두를 주문하지 않아서 비주얼을 몰랐는데, 검색해서 살펴보니 쨍만두에서 파는 군만두 또한 약간 탄 듯 안 탄 듯, 가장 보기 좋은, 구운 음식의 유혹적인 색감을 지녔다. 가서 군만두를 먹는 것도 탁월한 선택이 될 것 같다.

쨍만두의 만두를 먹는 것만으로도 안동에 다시 가야 할 이유가 된다.

전국으로 만두 여행을 다니니 어쩔 수 없이 1박이나 2박을 할 때가 있다. 혼자 숙소에 앉아 만두를 먹는 기분은……. 그때마다 남편은 하나도 안 걸리는데, 아이들이 마음에 걸린다. 눈에 밟힌다. 아마 아이들과 함께 가는 가족 여행이 아닌 이상, 여행을 떠날 때마다 마음이 쓰일 것 같다. 그것이 숙명이지 않을까 싶다. 그래도 혼자서 고즈넉하게 먹는 만두 맛은 최고다! 좋으니까 다니지. 그 시간이 좋아서 그렇게 기를 쓰고 먹으러 다니는 것이다.

아, 참! 제작사에서는 감감무소식이다. 욕심을 부리면 안 된다고 했지.

결과는 애타게 기다릴 때 결코 오지 않는다. 모든 것 다 포기하고 허허로우면 슬그머니 자기가 뒤따라와 뒷주머니 구멍 난 틈을 찾아 저절로 꽂히는 것이다.

《시나리오 쓰고 있네》에 있는 글이다. 내가 이걸 써놓고도, 왜 그리 애타게 기다렸을까. 하하! 사람 마음 참⋯⋯.

저렇게 제사 올리는 마음으로 간절히 바라고 난 뒤 햇수로 3년이 지난 지금, 나는 천천히 앞으로 걸어나가고 있다. 될 듯 말 듯 하는 시기도 이미 여러 번 지나쳐 왔고, 중간에 세차게 말아먹고 실패해서 자괴감에 빠져 힘들었던 적도 있다. 앞으로 얼마나 더 이런 롤러코스터를 탈지 모르겠다. '오늘의 내'가 다시 생각해보니, 이 모든 것이 명백한 삶의 이치를 반복해서 익혀가는 과정 같다.

너무 간절하면 이루어지지 않는다. '간절함'은 편안하지 않다. 이는 내가 가지지 않은 것, '결핍'에 집중하게 한다.

두 해 전, 내가 에세이에 써놓았던 것과 일맥상통한 내용이다. 자꾸 까먹는다.

짱만두

경상북도 안동시 경북대로 433 에트로빌딩.
옥동3 주공 교차로에서 롯데시네마 방향으로 차를 몰고 가다가 못 미쳐서 오른편으로 보인다. 미리 주문하고, 가게 앞에 잠시 정차한 후 바로 가지고 갈 수 있다.
매일 10:00~21:00.
일요일 휴무.

먹어보면 더 정이 가는
고집쟁이

만두를 먹으러 여행을 떠날 때는 먼저 그 지역의 만둣집을 검색하면서 준비하는데, 꼭 평이 좋은 집 순서로 가지는 않는다. 그저 느낌이 가 닿는 곳을 찾아 떠난다. 그런데 느낌이라는 것이 건물을 새로 올린, 대기업화된 만둣집—그런 곳은 주로 만두전골을 중심으로 구성되어 있다—보다는 작고 오래

된 가게에 꽂힌다.

내 위장의 한계가 있어서 그리 많은 만둣집을 들를 수는 없다. 발 빠르게 움직여서 하루에 두세 곳을 간다고 해도 되도록 맛만 보는 정도로 먹고, 나머지는 포장해서 숙소로 가져온다. 이것이 만둣집을 고르는 데 더더욱 신중을 기해야 하는 이유다. 포장해 온 만두는 나중에 출출해질 때쯤 먹는다. 배가 부를 때 먹는 만두는 '시장기'라는 반찬이 없어서 아무리 맛있게 빚은 것이라도 진가를 느끼기가 어렵다. 이건 만두에 대한 예의가 아니라는 사실을 반년 이상 만두 여행을 다니면서 터득했다.

춘천으로 만두 먹으러 갈 준비를 하면서 알게 된 사실 하나가 있다. 춘천에는 '왕만두'라는 단어가 상호에 들어가는 가게가 다섯 집이 넘는다. 그 수많은 왕만두 중에서, 1979년에 열었다는 사농동의 '왕만두'에 왔다. 문을 연 지 40년이 넘은 가게다. 이 집은 원래 조양동 춘천시청 앞에서 지금 사장님의 누님께서 같은 이름으로 문을 연 가게란다. 가게를 연 때부터 누님에게 만두 빚는 법을 전수받고 후에 운영을 완전히 맡게 되면서 지금까지 이어온 것인데, 지금 사농동 가게는 확장해서 옮긴 지 몇 년 안 되었다고 한다. 세상에서 가장 강력하고 무서운 사람이 바로 한 가지 일을 오랫동안 반복한 사람이다. 이 왕만두 집 사장님이 그런 분이다. 가게 간판에 도 '1979년 봄 이후'라고 씌어 있다. 이십 대 초반부터 계속 만두만 빚어오신 세월과 내공을 맛볼 차례다.

오후 2시가 조금 넘은 시간에 가게에 들어서니 3시 이후에 만두 나온다고, 그때 다시 오라고 한다. 알아보기로는 브레이 크 타임이 없었는데 낭패다. 서울에서 춘천 넘어오는 데 네 시간이 넘은 터라, 시장이 반찬이라고는 하지만 아침부터 물 말고는 아무것도 먹지 못해서 등짝이 뱃가죽에 들러붙을 지 경이었다. 여기서 포기하고 건너편 설렁탕집으로 가야 하나 생각하는 순간, "그래도 홀에 있는 사람들까지는 주문을 받아 야 하지 않겠습니까. 이거 먹으려고 서울에서 어머니 모시고 온 거예요." 나랑 똑같이 서울에서 만두 드시러 온 굵은 바리 톤 목소리의 아저씨가 점잖게 말씀하시는 바람에 살았다! 꼴 찌로 문 닫고 들어가 주문을 하게 되었다.

너무 배가 고파서 테이블 위에 놓여 있는 단무지부터 그릇 에 잔뜩 담아서 우적우적 먹기 시작했다. 참 맛있고 질 좋은 단무지다. 설마 단무지마저 직접 담그지는 않겠지만, 신경 써서 가져오는 것 같다. 이 집의 간판 메뉴는 역시 왕만두. 그러나 내가 간 날은 왕만두가 이미 떨어졌다고 한다. 하루에 40인분 정도만 빚어놓기 때문에, 손님 1인당 1인분만 판매한단다. 이미 점심을 훨씬 넘긴 시간이니 왕만두가 남아 있을 리가 없다. 그래서 통만두(고기만두), 김치만두와 더불어 야채비빔만두 이렇게 세 메뉴를 주문했다.

우리가 '군만두'로 부르는 만두를 이 집에서는 '튀김만두'라고 부르는 이유가 있었다. 딱 봐도 이 만두는 살짝 지진 만두가 아니라 기름에 푹 담가 튀긴 만두다. 야채비빔만두에 들어가는 것 역시 튀김만두인데, 메뉴에 따로 있는 튀김만두보다 모양이 좀 더 동글동글하고 작다. 빨간 양념에 무친 채소를 곁들인 튀김만두는 야채비빔만두, 달지 않고 새콤했다. 비빔면류를 아주 좋아하는데도, 새콤달콤을 넘어 혀가 아릴 정도로 달게 만드는 식당이 많아 선택하기를 망설이곤 했다. 그러나 이 집은 안심하고 쫄면을 먹어도 될 듯하다. 만두를 아그작 씹으니 찍! 하고 육즙이 튀어서 깜짝 놀랐다. 먹으면 먹을수록 더욱 감탄하게 됐다. 그동안 내가 군만두를, 아니 튀김만두를 왜 좋아하지 않았을까? 맛의 경험이 단번에 높아지는 마법이 펼쳐졌다.

내게는 군만두가 '느끼하다'는 편견이 있었다. 기름에 튀긴 음식은 신발을 튀겨도 맛있다고 하는데도 유독 만두에 대해서는 선을 그었다. 게다가 안 그래도 묵직한 고기 소를 굳이 기름에 튀겨 먹고 싶지는 않았던 것. 동시에 의아했다. 다른 이들이 맛있는 만둣집이라며 한번 가보라고 추천하는 곳은 대부분 중국식 군만둣집들이었다. 그래서 '왜 이렇게 한국 사람들은 군만두를 좋아할까?' 정도로 생각하고 지나쳤다. 이 집만 그런 것일까? 아니면 모든 군만두, 아니 튀김만두들이 다 맛있는 것일까? 비빔만두에 들어간 튀김만두는 아주 담백하다. 전혀 느끼하지 않고, 입 밖으로 튄 기름이 맑은 물 같다. 글을 쓰고 있는 지금도 당장 춘천으로 쫓아가 이 비빔만두를 먹고 싶다. 나도 이제 군만두를 좋아한다!

기대하지 않았던 튀김만두가 맛있으니 고기만두에 대한 기대도 더욱 높아졌다. 역시나! 부담스럽지 않은 고기만두의 소와 쫄깃한(이 표현밖에 다른 말이 생각나지 않는다) 피가 따로 놀지 않아 입 안에서 고기만두가 녹아버린다.

〈생활의 달인〉 방송에도 이 만둣집이 소개된 적이 있는데, 이 집에서 만두피를 반죽할 때 넣는 물은 그냥 물이 아니었다. 뭔가 다른 재료가 풀어져 있는 뿌연 물이었는데, 비밀의 식재료는 바로 닭가슴살! 다른 닭 육수처럼 통째로 닭을 집어넣고 끓여낸 육수가 아니었다. 송송 다진 죽순과 마늘종을 전분과 조청에 버무려서 닭가슴살 위에 골고루 묻힌다. 그냥 묻히는 수준이 아니라 아주 처덕처덕 발라놓는데, 닭 특유의 냄새가 사라진다고 한다. 이 닭가슴살을 찜기에 올려 푹 찐 다음 다 쪄진 닭가슴살은 다시 끓는 물 속으로 풍덩! 그럼 맑고 투명한 닭 육수로 탄생한다. 이게 끝이 아니다. 닭가슴살을 건져낸 육수에 찹쌀을 넣고 다섯 시간 정도를 끓여 곤죽을 만드는데, 이것이 마지막 단계. 닭 육수 찹쌀죽으로 만두피를 반죽하는 것이다.

감동을 넘어, 이런 하나하나의 노력이 아름답기까지 하다. 긴 세월 가게를 운영하면서 계속 만들어보고, 이 방법 저 방법으로 반죽해보고, 맛도 맞춰보고 하면서 개발한 방법이 아닐까! 이런 연구하는 자세, 끊임없이 공부하며 내놓은 음식이 너무나 아름답게 여겨진다.

이 집의 비빔만두에 들어간 튀김만두는 아주 담백하다.

입 밖으로 튄 기름이 맑은 물처럼 여겨졌다고 표현하면 무리일까.

이 집 김치만두가 또 명물이다. 집에서 빚는 만두와는 모양이 다른데, 귀를 세워 빚어 삼각뿔 같아 보이기도 하고 복주머니 같아 보이기도 한다. 찜기에 가지런히 놓인 모양이 다소곳이 예쁘다. 피가 두터워서인지 김치만두인데도 붉은 기가 겉으로 드러나지 않고 하얗다. 그런데 이 하얗고 예쁜 만두를 먹어보면 말이 달라진다. '나 김치!' 하면서 성을 내고 있다. 김치 맛을 음미해보니 하나도 안 익었다. 갓 담근 김치로 만든 만두다. 처음에는 내가 예상하던 알맞게 익은 김치가 아니고, 시뻘겋고 약간은 거친 매운맛이어서 살짝 거부감이 들었다. 그런데 분명히 첫입에 썩 맛이 있지는 않았는데, 계속 호기심이 나는 맛, 먹으면서 정체를 알고 싶은 맛이다. 식사를 다 마칠 때쯤, 이 만두 맛이 좋아졌다. 생김치의 고집을 잔뜩 담고 있는 맛의 매력을 알아버린 것이다.

아직도 만두소 만들기와 만두피 반죽만은 꼭 사장님의 손을 거친다고 한다. 내가 간 날은 외국인 직원이 야무진 손으로 만두를 빚고 있었고 사장님은 홀에 있었는데, 직원이 만두 빚는 모습을 지켜보면서 목청 크게 일일이 지시한다. "자자, 여덟 번에 김치 하나 나간다고!"

만두 한 상, 임금님 수라상을 받은 듯한 식사를 마친 뒤 남은 만두는 고이 싸서 숙소로 왔다. 차갑게 식은 만두를 먹어 보니 역시 왕만두. 특히 고집 센 김치만두는 그 고집, 맛 그대로다. 식어도 맛이 변하지 않았고 풍미도 살아 있다.

1983년 5월 5일. 승객과 승무원 100여 명을 태우고 중국 선양을 출발해 상하이로 향하던 중국 민항기가 춘천 미 공군 기지에 불시착했다. 타이완으로 망명하려던 중국인 공무원 여섯 명이 무장해서 비행기를 납치한 사건이었다. 이들은 기장에게 타이완으로 가라며 명령했지만, 기장은 그를 거부하고 평양 쪽으로 향하려 했지만, 납치범들이 총격까지 가하면서 위협을 하는 바람에 하는 수 없이 방향을 돌려 평양 가는 길목, 남한의 춘천으로 온 것이다.

당시 중국은 우리와 수교 관계가 있을 리 만무한 중공, 중화인민공화국. 우리 정부는 재빠르게 움직이며 무장 납치범 여섯 명을 제외한 나머지 승객들을 맞이한다. 이때 통역을 맡았던 화교협회장의 재치로 이 '왕만두' 사장님 김영달 씨에게 밤늦게 연락이 온다. 낯선 곳에 떨어져 불안해하고 있을 중국인 승객들의 식사를 해결하기 위해서였다. 젊은 청년 김영달 사장님은 새벽부터 만두 80인분을 만들어 비행기 승객들에게 대접했고, 이 사건은 신문의 네 컷 만화(조선일보 '고바우 영감' 8784회)에도 나올 정도로 유명한 일화가 됐다. 만두 좋아하는 중국 사람들이 이 만두 환대에 기뻐했고, 뭐 이야기가 다 그렇게 흘러가듯 1992년 한중 수교의 초석이 되었다는 미담이다.

이 일로 '왕만두'는 춘천에서 어마어마하게 유명해졌고, 춘천에 새로운 만둣집이 생기면 모두 무슨무슨 왕만두로 조금씩만 살을 붙이고 떼서 상호를 짓게 된 것이다. 춘천의 수많은 '왕만두'집은 이런 사연에서 탄생했다.

왕만두

강원도 춘천시 사우로 38.
사농동 사우4길 대로변에 커다란 건물이어서 찾기 쉽다. 병원 건물 뒤편에 주차장이 있다.
매일 10:00~20:00.
일요일 휴무.

투박하고 순박해서
더 아끼고픈 만두

　오늘은 북한식 만두를 빚는다는 남양주의 '어랑손만두국'
에 다녀왔다. 이곳은 자전거를 타는 사람들의 성지. 그래서
아침 9시부터 문을 연다. 일찍이 다녀올 수 있어 마음에 들었
다. 점심시간에 맞춰 문을 여는 가게에는 잽싸게 다녀온다 해
도 오전 오후에 걸쳐 하루를 온전히 써야 하니 말이다. 하루

한 가지, 맛있는 만두 한 끼 식사하는 것으로 만족할 수 있는 여유로움을 가져보고 싶으나 쉽지 않다. 일요일인 오늘, 이른 아침부터 서둘러본다.

봄 햇살이 아주 좋은데, 뿌연 미세먼지인지 봄 아지랑이인 지가 분위기를 더욱 몽환적으로 만들어준다. 남양주에서 이쪽으로 온 길은 초행이라 좀 낯설었지만, 큰길가에서 어렵지 않게 어랑손만두국을 찾을 수 있었다. 초가집 느낌을 살린 둥그런 지붕의 건물. 15년 전에 이곳 금곡동으로 이사를 왔다고 하니 긴 역사와 전통이 묻어 있는 건물은 아닐진대, 이상하게도 수십 년 된 것 같은 연륜이 느껴진다. '어랑'은 함길도 개마고원 꼭대기에 있는 촌 동네 이름이라고 하는데, 주인장의 아버지가 그곳에서 오셔서 '어랑'이라는 이름으로 만둣집을 한단다. 부모님이 이북에서 건너오시고, 그때부터 만두 장사를 시작해서 자식들에게 물려준 듯하다.

경춘가도에 위치한 곳이라 주말에 혼자 자전거 타고 와서 식사하고 가는 사람들이 많다. 맞은편에 앉은 손님도 혼자 식사하면서 부지런히 사진을 찍는다. 홀 가운데에는 요즘 보기 어려운 연탄난로! 어릴 때 살던 우리 집 마루에도 난로가 있었다. 아빠가 목장갑을 끼고 연통을 연결하면 본격적인 겨울이 시작된다는 신호. 그러고 나면 산타할아버지가 곧 오실 거라는 기대감에 차곤 했다. 난로 위에 귤껍질을 올려놓아서 귤 향기도 가득했는데……. 연탄을 보니 어릴 때의 신나던 마음이 올라온다.

기본 찬은 통배추물김치와 섞박지다. 이북식 만둣집에서는 간이 세지 않은 물김치나 백김치를 내곤 하는데, 이곳의 통배추물김치도 시원했다. 이북식 만두의 소에는 배추가 들어가기 때문에 채소 보는 눈이 형편없는 집 아니고는 배추김치 맛은 늘 평균 이상이다. 뚝뚝 투박하게 잘라놓은 무로 담근 섞박지도 너무너무 맛있어서 싹 비웠다. 무 한 통, 4분의 1도 막을 다 먹어 치운 듯.

만두가 나왔다. 만둣국은 왕만두 다섯 개에 국물. 처음엔 좀 당황했다. 커다란 만두 다섯 개만 보일 뿐 꾸미도 없고, 하다못해 파 썰어 넣은 것도 없다. '우린 여기까지니 알아서 드셔', 이런 자신감일까? 국물은 많이 먹어봤던 익숙한 맛이다. 여느 만둣국이나 냉면을 먹을 때의 그 고기 육수 맛이다. 굉장히 깔끔한, 해장용으로 좋아하는 그 육수인데, 후추 맛이

나지 않는다. 육수에 자신이 있는 것이다. 후추로 가릴 잡내가 없다는 뜻. 혹시나 하고 테이블 옆에 고춧가루나 후추 양념통이 있나 봤지만 없다.

이 집 만두는 복주머니 모양이라 마음에 든다. 나는 모든 사물에 약간은 혼을 부여해서 믿는 버릇이 있다. 물론 나 혼자 빌고 마는 것이지만. 만두를 좋아하는 이유 중 하나가 이렇게 복을 싸서 먹는 음식 같아서다. 첫 만두는 한입에 넣어 먹었다. 이 집의 만두소에 든 두부는 콩비지같이 부드럽다. 가게 안에 붙어 있는 안내판에 만두에 열 가지가 넘는 재료를 쓴다고 씌어 있어서 만두를 갈라 현미경 들여다보듯 소를 살펴봤는데, 열을 못 채우겠다. 숙주, 배추, 두부, 파, 고춧가루, 후추 등등. 배추김치가 맛있어서 만두소도 맛있으리라 예상했는데 과연! 속 재료의 간도 적절하고 식감이 조화롭다. 단지 만두피 끝이 살짝 단단하고 두껍다. 맛있는 밀가루떡 같은 느낌인데, 복 다 싸서 먹으려면 이 두께는 되어야 하지 않나 싶다. 커다란 만두 다섯 개가 순식간에 사라졌다.

이곳의 대표 메뉴는 어랑뚝배기와 만둣국이라고 한다. 도대체 어랑뚝배기가 뭘까 궁금해서 먹어보고 싶었지만, 혼자

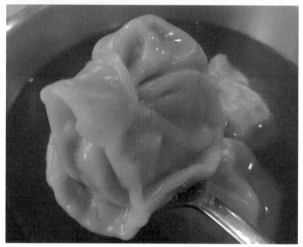

커다란 만두 다섯 개만 보일 뿐 꾸미도 없고, 하다못해 파 썰어 넣은 것도 없다.

'우린 여기까지니 알아서 드셔', 이런 자신감일까?

그것까지 먹을 수는 없을 것 같아서 아쉽게 그만뒀다. 주변을 둘러보니 내 뒷자리의 라이더가 혼자서 보글보글 끓여 나온 빨간 뚝배기를 비우고 있다. 만두를 뚝배기에 넣고 팔팔 끓인, 만둣국과 순두부찌개 그 중간의 음식이라고 하는데, 이 정도의 만두와 김치 내공이라면 이 또한 굉장한 맛일 것 같은 기대감이 생겼다. 다음에는 꼭 어랑뚝배기와 녹두전을 먹으러 다시 올 것이다.

이럴 때 사진도 함께 찍고, 음식에 관한 이야기도 오순도순 나눌 수 있게 만두로드 파트너 한 명이 있었으면 좋겠다는 생각이 들기도 한다. 오늘도 딸내미를 데리고 가보려고 아침에 일찍 깨웠는데, 돌아오는 대답은 "난 만두 싫어." 그녀의 취향을 존중한다.

가게 한구석에 '만두방'이 있다. 여기에서 끊임없이 어랑의 만두가 빚어지고 있다. 만두소 만드는 것을 보고 싶었지만, 볼 수 없었다. 아마도 주방에서 만들고 있겠지. '열 가지 재료'의 비밀이 무척 궁금하다.

모처럼 천천히 만두를 먹고 오후를 통째로 즐길 수 있게 되니, 이렇게 통장 잔액 걱정은 뒤로 제치고 맛있는 만두 찾아 먹으러 다닐 수 있다는 작은 여유가 고맙게 느껴진다. 평생 만두를 먹으러 다니고, 누군가에게 넉넉하게 밥 사줄 수 있을 정도의 호사만 누렸으면.

어랑손만두국

경기도 남양주시 경춘로 1084-25.
45번국도 남양주시청에서 마석 쪽으로 가다 보면 커다란 간판이 보인다.
매일 8:00~21:00.
연중 무휴.

우리는 만두 같은 거 안 먹어야

지난봄, 1박 2일 목포와 광주의 만두를 섭렵하고자 1박 2일 계획으로 발에 프로펠러를 단 듯 여행을 간 적이 있다. 하지만 부실한 자료 조사와 체력 소진으로 광주 땅은 밟아보지도 못하고, 심지어 가려고 계획했던 목포 만둣집 세 군데가 모조리 휴무인 바람에 아무런 소득 없이 돌아왔다.

그런데 아무리 생각해도 약이 오르는 것이다. 목포가 서울에서 좀 먼 곳인가. 거기까지 갔는데 허탕을 치고 오다니! 게다가 전라도 사람들의 손맛을 믿는 나는 만두도 예외 없으리라는 기대가 컸다. 그래서 짐을 챙겨서 3주 만에 다시 떠났다. 이번에는 2박 3일 일정으로 목포와 광주를 여행하기로 했다. '대만두지도'를 만들겠다는 각오의 김정호처럼.

지난번 목포 여행에서는 첫째, 셋째 일요일에 쉰다는 걸 모르고 무턱대고 갔다가 놓친 신자유시장의 '도깨비자유만두'에 제일 먼저 들렀다. 요즘은 택시 어플이 잘되어 있어서 차를 가지고 가지 않아도 샅샅이 탐색하기 좋다. 무엇보다 내비게이션만 따라가면 정확한 곳에 떨어지니, 나 같은 방랑자들은 실로 편하다.

오늘은 불이 켜진 반가운 만둣집. 활기차고 친절한 주인아주머니가 나를 반겨주신다. 그리고 앉자마자 싹싹한 직원이 물과 단무지, 간장을 테이블에 놓아준다. 테이블이 너무 반짝여 먹는 내내 거울 보는 것 같아서 부담스러울 정도였다.

주인아주머니께 사진을 찍어도 되겠냐고 여쭈었더니 "아이고, 으짜쓰까!" 하면서 흔쾌히 허락해준다. 한석봉 어머니의 떡 썰기처럼 불 끄고 빚어도 완벽할 것 같은 아주머니의 날렵한 솜씨를 보니, 아무래도 이번 만두 여행은 홈런을 칠 것 같은 느낌이 든다.

부푼 마음으로 고추만두와 고기만두를 주문했다. 이곳은 김치만두 대신 고추만두라는 이름으로 빚어낸다. 우아한 붉은색 얇은 만두피, 어떤 웨딩드레스의 레이스도 이렇게 맛있게 보일 것 같지 않다는 엉뚱한 생각을 해본다. 이때가 오후 2시가 넘은 시간이었다. 요즘은 코로나 때문에 기차 안에서 취식이 되지 않아 이른 아침 출발하기 전 집에서 내려 마신 커피 한 잔으로 버티고 있었는데, 아사하기 직전에 먹은 동글동글 예쁜 만두가 얼마나 맛있었는지 모른다.

이 집 만두의 특징은 '맛있게 매콤한 맛'이다. 심지어 고기만두도 칼칼한데(꼭 기억하시길. 칼칼하다!) 어린이 친구들도 잘 먹고 간다. 1학년 초등학생이 엄마랑 같이 만두를 먹는 것을 보니 기특하다.

만둣집에 온 모자를 보니 만두 여행한답시고 집에 떼어놓고 온, 올해 초등학교에 입학한 우리 집 어린이가 생각난다. 나의 여행은 늘 양면이 존재한다. 혼자 여행을 떠나면 기동력

우아한 붉은색 얇은 만두피, 어떤 웨딩드레스의 레이스도
이렇게 맛있게 보일 것 같지 않다는 엉뚱한 생각을 해본다.

을 최대치로 발휘할 수 있어 효율적이지만, 혼자 맛있는 것을 먹고 있자면 자꾸 마음이 쓰인다. 같이 왔으면 좋아했을 텐데 하는 마음이다. 그나마 위안이 되는 것은 우리 아이들은 만두를 입에도 대지 않는다는 것. 만둣국도 안 먹고 맵지 않은 찐만두도 먹지 않는다. 그래도 보고 싶고, 같이 먹고 싶은 마음은 여행하는 내내 따라다닌다.

만두소는 전형적인 한국 만두, 어려서 명절이면 집에서 만들어 먹던 추억의 만두다. 당면, 부추가 듬뿍 든! 사실 나는 요리를 잘하지도 못하고, 먹는 행위란 그저 배 채우는 것이 최종 목표인 어머니 덕분에 명절에 둘러앉아 만두를 만든 아늑한 추억은 없다. 그래도 어렴풋이 이런 느낌은 있었던 것 같다. 고모, 할머니, 사촌들, 삼촌 그리고 어머니, 아버지, 동생, 이렇게 한 방에 바글바글 모여 있는 것만으로도 마음이 따뜻하고 안심이 되었던 기억. 만두를 보면 그때의 기억이 떠오르는 듯하다. 이런 걸 소울푸드라고 하겠지. 어릴 때의 기억을 끌어내주는 고마운 음식.

그나저나 여기는 전라도다. 여행 떠나기 전 페이스북에 목포로 만두 여행을 떠난다고 출사표(?)를 던졌다. 그랬더니 고향 전라도 자부심이 가득한 깨알 댓글들이 재미나다.

"남도 사람들은 만두 안 먹어요."

사실 목포는 항구 도시에다 호남선 철도의 종착역이라 해산물이니 다른 지역에서 들어오는 음식들까지 먹을 것이 지천에 널린 지역이다. 먹을거리가 풍부하게 많아 부자 동네였다고 한다. 만두 말고도 먹을 것이 많은데, 무엇 하러 굳이 만두를 빚어 먹느냐는 얘기다. 사실 만두는 북쪽 음식이고 말이다.

"전라도는 육전이제."

음식에 대한 전라도 사람들의 자부심은 어쩔 수가 없다.

"뭐더러 전라도까지 가서 만두를 먹어야."

이것이 바로 화끈한 전라도 사람들의 '자부심'이다!

도깨비자유만두

전라남도 목포시 자유로 122 자유시장 18호.
자유시장사거리 모퉁이에 위치
매일 10:00~재료 소진 시.
1 · 3주 일요일 휴무.

다음 날 아침, 만둣국집 '대청'으로 달려갔다. 지난번에 왔을 때 재료가 소진되어 끝났다는 말을 듣고 허무하게 돌아나온 집인데, 그때와 마찬가지로 가게에 잔잔히 클래식 음악이 흐르고 있다.

11시 문 여는 시간을 내내 기다리다 온 것이라 당연히 내가 첫 손님이다. 만둣국 하나, 빈대떡 하나를 주문했다. 주인 할아버지가 부산하게, 그러나 침착하게 움직이고 계신다. 노년의 주인 내외께서는 이곳에서 장사를 시작한 지 20년이 되었다고 한다. 가게 입구 카운터에 두 부부의 젊은 시절 흑백 사진이 멋있게 걸려 있다. 할아버지는 젊어서 무슨 일을 하셨는지 모르겠는데, 명동백작 박인환과 비슷한, 아주 댄디한 느낌이다. 미술 교사를 하셨다는 할머니는 빼어난 미인은 아니지만, 지적인 우아함이 넘친다. 1930년대 천재 문인과 미술인의 뮤즈였던 문필가 변동림 같은 느낌이랄까.

가게 안은 온통 화려한 종이 공예로 장식되어 있다. 책꽂이 한쪽에 빼곡히 꽂힌 클래식 음악 CD들도 주인장 부부의

강황을 섞어 반죽한 노란 만두피, 노른자 흰자 갈라서
세심하게 부쳐 올린 달걀지단, 한 도막 예쁘게 그릇에 담긴 김치.
주인장 부부의 모습처럼 단정하기 그지없는 상차림이다.

취향과 취미를 가늠케 했다. 영업하는 가게에 온 것이 아니라 다른 사람의 집에 초대를 받은 듯, 조용한 분위기에 압도되는 때가 가끔 있다. 이런 느낌이 나쁘지 않은 것이, 내가 만두 먹는 것을 누가 빤히 쳐다보지만 않는다면 만두 맛에 몰입할 절호의 기회이기 때문이다.

대청의 만둣국 국물은 사골 육수다. 한 입 떠서 먹어보면 딱 알맞게 따끈한데, 사기그릇에 담겨서 그런지 만두를 다 먹고 바닥이 보일 때까지 그 뜨끈함이 유지된다. 게다가 만두소는 얼마나 담백하고 깔끔한지 모른다. 황해도식 만두라고 강조하시는데, 사실 북쪽에서 내려온 만두는 대부분 속이 하얗다. 지단 또한 노른자, 흰자 갈라서 세심하게 부친 것이 마음에 들었다. 사실 위에 올린 지단이 무슨 맛이 있나 싶지만, 고명이 이리 정성스레 올라가 있으면 식욕이 한껏 올라간다. 게다가 만두피가 예쁜 노란색을 띠는데, 강황을 섞어 반죽해서 그런 것이란다.

다 같은 이북 음식이라 그런지, 냉면 파는 집에서는 만두를 팔고, 만두 파는 집에서는 빈대떡을 팔곤 한다. 이렇게 만둣국 내는 집에서 빈대떡도 하면 어지간하면 먹어본다. 돈 없으면 집에 가서 빈대떡이나 부쳐 먹지. 한 푼 없는 건달이 요릿집이 무어냐, 기생집이 무어냐. 옛날에는 밀보다 녹두가 훨씬 저렴하고 흔했을 것이다. 그러니 돈 없는 사람들, 빈자(貧者)들이 부쳐 먹는 떡이라 해서 빈자떡이라 했는데 그것이 바뀌어 빈대떡이 되었다는 설도 있다. 하지만 17세기 문헌에는 '빙져'라는 말이 나온다고 한다. 떡 병(餠) 자를 중국식 발음으로 표기한 것이 빙져, 빙저, 빈저, 빈자로 변하다가 빈대떡이 된 것은 아닐까? 이 의문에 대한 답은 국문학자 선생님들이나 음식문헌학자 선생님들께 부탁드린다. 또 무엇이면 어떤가, 빈대떡인데!

대청의 빈대떡은 적당히 야들야들하고 맛있다. 녹두 특유의 그 까끌까끌함 또한 생기 있게 살아 있다. 김치는 주인장 부부의 모습처럼 단정하기 그지없다. 잘 익은 김치 포기를 꺼내어 나무 도마 위에 얹고, 칼로 단정히 잘라서 한 도막 예쁘게 그릇에 올렸다. 나같이 가위를 대 본데없이 잘라서 식탁 위에 올린 김치와는 정성이 다르다.

목포의 아침, 비는 추적추적 내리고 있었다. 문을 열고 나오니 어떤 커플이 안으로 들어가며 속삭인다. "지금 영업하는 건가?"

특별한 고요함 속에서 만두에 몰두해보시길. 옛날과 현재가 공존하는 묘한 도시 목포. 만두 시시해서 안 먹는다고 하면서도 멋들어지게 한 접시 대접하면서 혼을 빼놓는 전라도 사람들의 멋짐이 느껴진다.

대청

전라남도 목포시 유동로42번길 22.
목포 구도심. 목포 상공회의소에서 유달동사거리 쪽으로 걸어가다가 첫 번째 골목에서 우회전해 50미터 정도 걸어가면 보인다.
매일 11:00~15:00.
수요일, 일요일 휴무.

아무 걱정 없이, 오늘도 만두!

만두 여행을 할 때 아쉬운 것 중 하나가 숙소에서 제공하는 아침밥을 못 먹는다는 것이다. 나는 주로 게스트하우스에서 묵는데, 가끔은 아침에 주방에서 모락모락 풍기는 맛있는 미역국 냄새라든지 빵 굽는 향에 반해서 "여기 아침밥 한 그릇 주세요!" 외치고 싶을 때가 많다.

하루에 세 끼, 네 끼를 먹는 일은 세 끼, 네 끼를 굶는 것보다는 쉬운 일이지만 생각만큼 쉽지만은 않은 일이다. 게다가 배가 차 있는 상태에서는 한계효용체감의 엄격한 법칙에 따라 음식의 감흥이 뚝 떨어진다. 산해진미가 놓여 있어도 맛없다는 이야기다. 그래서 만두 여행을 다닐 때는 아침밥과 간식은 과감하게 포기한다.

다음 여정을 위해 광주로 가던 날, 묵었던 목포의 게스트하우스 주방에서 아주 맛있는 냄새가 나는 김치콩나물국을 끓이고 있었는데, 꾹 참았다. 대신 목포를 떠나기 싫은 아쉬운 마음으로 아침 일찍 드라마 〈호텔 델루나〉 촬영 장소인 '목포근대역사관'으로 발걸음을 옮겼다. 워낙 그 드라마를 좋아했던지라 마치 호텔 델루나 장만월 사장을 만나고 온 듯 영혼을 편안하게 가라앉힌 후, 짐을 가지러 숙소로 돌아오니 비가 추적추적 내리기 시작했다.

목포에서 광주로 가려면 KTX를 타고 30분 정도 가야 한다. 광주에 도착하니 뻥 뚫린 하늘에서 비를 들이붓는데, 우산이 없다. 택시를 탄다 해도 일단 우산 하나를 더 드는 건 피곤한 일이다.

광주 운암동의 '박소영왕만두'가 오늘의 첫 번째 방문지다. 예전부터 이곳의 유명세는 익히 알고 있었다. 무조건 포장 판매 그리고 사전 예약제, 무조건 맛 보장으로 유명하다. 당일 오전 11시부터 30분 단위로 예약을 받는다. 나도 광주로 오는 기차 안에서 1시 예약을 잡고 온 길이다.

비를 뚫고 도착하니 일하는 분들의 손이 이미 바쁘다. 게다가 어떤 손님은 모르고 예약을 안 하고 왔다가 5시 예약을 하고 돌아가기도 했다. 가게 안을 들여다보니 똑같이 빨간 티셔츠에 위생 모자를 쓴 분들이 쉴 새 없이 만두를 빚고 있다. 세 분 중 한 분이 주인장 박소영 씨였는데, 간판의 그림과 이미지가 똑같아서 먼저 놀랐고, 생각보다 젊은 분이라 두 번째로 놀랐다. 손님을 맞이하는 모습도 까랑까랑한 목소리와 함께 얼마나 활기찬지 모른다.

메뉴는 크게 왕만두와 작은 만두 그리고 왕찐빵으로 나뉜다. 왕만두, 작은 만두 모두 김치와 고기 두 종류인데, 왕만두는 우리가 호빵이라고 부르는 커다란 빵 안에 소가 들어간 것이고, 작은 만두는 한 팩에 여덟 개 든 동글 길쭉하게 생긴 만두다. 특이하게도 왕만두와 왕찐빵은 일주일에 딱 3일, 화,

수, 금요일에만 나온다고 한다. 발효가 필요한 반죽이라 매일 내기는 일손이 달리지 않을까 짐작해본다.

하루 판매 분량도 정해져 있는 걸 보면 이 집의 한정 판매 방식은 상당히 영리해 보인다. 지천으로 널려 언제든 손에 넣을 수 있는 상황이라면 그다지 애달프게 찾지 않을 텐데, 하루 몇 개 한정이라는 조건이 있으면 꼭 내 손에 넣어야겠다는 마음이 들어 왠지 급해지는 리미티드 전략이랄까.

고기만두, 김치만두를 하나씩 포장 주문해 숙소에서 펼쳐 보았다. 이 책에서 소개한 집도 있지만, 얇은 피로 유명한 만둣집이 꽤 있다. 신기하게도 지역도 다르고 상호도 다르지만 길쭉한 만두 모양이나 판매하는 만두 종류가 비슷했다. 마치 이런 모양으로 만두를 빚으라고 가르쳐주는 스승이 있어 함께 사사한 것이 아닐까 할 정도로 말이다.

처음에는 박소영왕만두 또한 비슷한 모양이라 굳이 광주까지 가서 먹어야 할까 고민하기도 했다. 그날은 비까지 맞으며 피곤이 극에 달해, 사실 만두 맛에 대한 기대는 별로 하지 않았다. 그런데 이 만두, 하루의 고생을 단번에 잊게 해주는 맛이었다. 게다가 숙소에 보일러를 틀어놓아 따끈따끈, 비를

그저 고기 넣고, 당면 넣고 만든 만두다. 그런데도 왜 이렇게 이 만두가 좋을까.

맞느라 잔뜩 긴장했던 몸이 노곤해지는데, 그 순간 한 입 넣은 만두는 완벽했다.

그저 고기 넣고, 당면 넣고 만든 만두다. 그런데도 왜 이렇게 이 만두가 좋을까. 피는 어떻게 이리 얇을 수 있을까. 8년 넘게 빚은 만두, 예약 없이는 맛볼 수 없다는 공력이 '아무럴 것 없는' 만두에 녹아 있다.

커피의 완벽한 파트너는 나에겐 단연코 만두다. 달콤한 케이크나 쿠키에 곁들여 마시는 커피도 좋지만, 칼칼 매콤한 만두를 먹으며 마시는 따끈한 블랙커피도 그에 못지않다. 한입 가득 매운맛이 넘실대는데, 적당히 따끈한 커피가 들어왔을 때 그 강렬함은 최고다. 만족스러운 만두 식사를 마치고 빗소리를 들으면서 낮잠에 빠져들었다.

박소영왕만두

....

광주광역시 북구 대자로 62.
운암시장에서 벽산블루밍아파트 가는 쪽 대로에 위치한다.
매일 오전 11시부터 예약 접수(오후 4시 전에는 대부분 마감).
월요일 휴무.

　다음 날 아침, 2박 3일 만두 여행의 마지막 날이다. 일찍 일어나 양림동의 정취를 흠뻑 맡으며 동네 산책을 했다. 이곳에는 1900년대 초반 조선을 방문한 선교사들이 고아들을 거두고 사람들을 치료하면서 살던 집이나 생활터들이 그대로 남아 있다. 이들이 살던 서양식 주택이 있는가 하면, 그 전후로 지어진 한국 전통가옥도 두 채 있다. 백 년 전의 동서양이 한 동네에 있어 묘한 느낌을 준다. 예전에 강릉 소리박물관에서 백 년 전의 소리라고 하면서 축음기 틀어주는 것을 들어본 적이 있다. 지금은 세상에 없는 백 년 전 사람들의 목소리라는 생각을 하니 들으면서 기분이 이상했는데, 이 공간에서도 비슷한 신비로움이 느껴졌다.

　산책을 마치고 향한 곳은 동명동의 '모두가'. 택시에서 잘못 내리는 바람에 15분을 걸어서 찾아갔는데, 오히려 그것이 더 좋았다. 광주의 핫플레이스가 잔뜩 포진한 골목을 뚫고 갔으니 말이다. 재미난 콘셉트에 톡톡 튀는 아이디어를 뽐내는 가게가 많아서 눈호강을 했다.

오늘의 목적지, 만둣집 모두가도 만만치 않았다. 깨끗한 외관, 디자인 철학이 담긴 건물의 모습 그리고 '모두家'라고 쓰인 입간판 디자인도 예사롭지 않다. 들어와서 보니 정리가 완벽하지는 않아도 깨끗한 모습이었다. 매장 한쪽 벽면에는 귀여운 그림들이 걸려 있다. 앞에 세워둔 입간판도 그렇고, 이런 그림도 그렇고, 순박한 아마추어의 솜씨가 아니라 궁금했다. 역시나 부인이 미술 전공한 디자이너시란다.

고기완탕과 모둠만두를 주문했다. 사장님과 주문받는 직원 분 모두 "너무 많을 텐데요?" 하고 놀란다. 남으면 싸 간다고 하니 그제야 안심한다. 이랬다가 다 먹으면 어쩌지? 음식이 나오기를 기다리고 있는데, 내 뒤에 가게에 들어선 양복 입은 아저씨도 혼자 앉아 있다가 벽에 걸린 그림 아래의 글자를 큰 소리로 꾹꾹 눌러 읽는다.

"아, 진심을 담다!"

이어 계속 말씀하신다.

"사장님의 긍지와 정성이 담긴 것 같습니다! 마음에 와 닿습니다, 사장님. 아, 좋습니다. 좋아요."

칭찬을 아끼지 않는다. 지금 사장님께서 듣고는 계신 걸까.

나는 우리 아버지나 남편이 괜히 가겟집 들어가서 이러면 제발 목소리 좀 죽이라고, 오지랖 그만 부리라고 팔을 꼬집었는데, 이렇게 보니 훈훈하다.

"아아~ 맛이 있어야 되는데요, 완탕이 짜거나 싱거우면 말씀하십시오."

친절한 주인아저씨가 겸손하기까지 하다.

드디어 한 상 차려졌다. 단무지의 색이 아주 샛노랗지 않아 더 건강한 밥상처럼 보인다. 모둠만두에는 세 가지 납작만두가 나온다. 고기만두, 매콤만두, 새우만두. 그런데 새우만두는 새우 꼬리가 보이니까 새우만두구나 할 정도로 매콤한 김치 맛이다. '셋 중에 하나만 골라보세요.' 한다면 나는 새우납작만두를 고를 것이다. 메뉴에 튀김만두가 따로 있어서 그런지, 이 납작만두들은 기름이 아니라 물에 부쳐낸 것 같은 느낌이다.

기름을 쓰지 않고 물로 굽고 볶는 기술이 따로 있다는 것을 요리연구가 윤혜신 씨의 책에서 처음으로 접했다. 조리 기술을 글로 배우다니 우습지만, 맛있게 먹고 있는 이 납작만두는 기름에 부친 듯 물에 찐 듯 경계를 넘나드는 부드러움을 자랑한다.

비가 화끈하게 내리고 나니 꽃샘추위가 찾아왔다. 가방에서 스웨터란 스웨터는 다 꺼내 껴입고 식당으로 출정한 상태였다. 뜨끈한 국물로 몸을 녹이고 싶다는 생각에 주문한 걸쭉한 완탕! 국물에 달걀 줄알도 풀고 고명도 잔뜩 올린 걸쭉한 떡국을 좋아한다. 아니, 어려서부터 떡이 덩어리처럼 붙어 있어 숟가락으로 뚝 떠먹을 만큼 불투명한 떡만둣국만 먹고 자랐는데 나중에 남의 집, 즉 시댁에 가서 알게 됐다. 맑은 양지 국물로 끓인 떡국을 먹는 집도 있다는 것을.

이 완탕은 멸치와 해물로 육수를 잡고 직접 빚은 고기만두를 넣어 만든 것이다. 이날은 먹지 못했지만, 쫄면이나 떡볶이 소스도 직접 과일을 갈아 넣어 만든다고 한다. 앞에 펼쳐진 음식들을 무아지경으로 즐기고 있는데, 친절한 주인아저씨의 눈치가 왠지 내가 완탕 맛있게 먹고 있는지 궁금하신 듯했다. 꼭 나를 쳐다보지 않더라도 알 수 있는 그 기운! 내가 사진을 하도 찰칵찰칵 소리 내며 찍어대니 사진 어디에 올리려나 긴장하셨을 수도. 지체하지 않고 "정말 맛있어요!" 하고 리액션을 크게 드렸다. 깔끔하고 고급스러운 맛의 만두 한 상

기름에 부친 듯 물에 찐 듯 경계를 넘나드는 부드러움을 자랑하는

납작만두와 뜨끈하고 걸쭉한 국물이 일품인 완탕.

이었다.

한창 저탄고지 다이어트가 유행하던 때가 있었다. 나도 탄수화물을 딱 끊고, 고기와 달걀 그리고 방탄커피로 지내보기도 했는데, 이 보드라운 만두피, 쌀떡들을 어떻게 포기할 수 있었는지 모르겠다. 한동안 두통에 시달린데다 아침이 되면 몸이 자꾸 부어 이 증상에 대해 저탄고지 카페에 올렸더니 이런 답변이 올라왔다.

"쌀밥을 한 숟가락 떠서 드셔보세요."

아니, 한 공기도 아니고 한 숟가락이라니. 이렇게까지 하면서 살아야 하나 싶은 생각이 들어 바로 때려치웠다. 만둣집 모두가는 탄수화물의 즐거움, 그리고 아름다움을 유감없이 보여준다.

이곳은 포장해놓은 만두를 매대에서 판매한다. 냉동만두를 포장해서 판매하는 만둣집이 많지만, 대체로 비닐 봉투에 넣어주는 정도인데, 이 집의 포장은 꼭 백화점의 지하 1층 식품관에서 파는 만두 포장같이 정갈하다. 만두 빚어낸 모양새도 예쁘지만, 가게 로고 새긴 스티커로 포장을 마감해서 더 그런 느낌이다.

주인아저씨께 이 자리에서 얼마나 영업하셨냐고 물었더니, 2년 정도 되었다고 한다. '그럼, 만두 경력이 2년인가?'라는 생각이 잠시 스쳐 갔지만, 만두는 다른 분식류와 달리 만드는 법을 안다고 바로 가게를 열기는 힘든 음식이다. 어느 정도 만두 빚기에 내공을 쌓아야 비로소 가게를 낼 수 있다. 그동안 만났던 만둣집 주인들 또한 대부분 다른 가게에서 오래 일하며 배우고 나서야 가게를 열 수 있었다는 이야기를 해주셨다.

아니나 다를까, 주인아저씨가 맨 처음 배운 만두가 바로 백화점에 납품하는 것이었단다. 서울에서 20년 정도 일을 하다가 고향 광주로 내려와 가게를 냈다고 한다. 혼자 먹기엔 너무 많을 것이라고 음식 내주던 분들이 걱정하던 것이 무색하게 다 먹어버렸다. 조곤조곤한 아저씨의 이야기는 근사한 반찬이 되었고. 이번 만두 여행의 만족스러운 마무리다.

2박 3일의 남도 만두 여행. 가장 고마웠던 것은 만두도 만두지만, 큰 걱정이나 고민 없이 다녔다는 점이다. 다음 달 벌이 걱정, 아들이 학교에서 적응할까 걱정, 그 밖의 크고 작은 걱정들에 짓눌려 새벽에 깨기가 여러 차례였는데, 이번에는 숙소에서 잘 잤다. 앞으로의 만두 여정도 오늘만 같기를.

모두家

광주광역시 동구 동계천로 171.
푸른길공원 옆 동명동 서석교회 맞은편에 있다.
매일 11:00~21:00.
둘째, 넷째 화요일 휴무.

전 격 시 판 만 두 체 험 기

세상에 같은 만두는 없다

태어나서 처음으로 냉장고에 수많은 만두를 쟁여보았다. 시판 만두의 맛을 비교해보기로 한 것이다. 예전에는 도투락만두, 고향만두 정도 냉동고에 넣어두고, 집에서 만둣국을 만들거나 라면 끓일 때 넣곤 했는데, 이제는 마트에서 쉽게 살 수 있는 시판 만두들 질이 서로 경쟁하듯 높아지고 맛 또한 고급스러워지는 바람에 정신을 차릴 수가 없다. 특히 비비고와 풀무원 등 대형 식품업체들의 스타워즈는 물론, 전국 곳곳에서 꾸준히 사랑받아온 만둣집들의 시그니처 만두들이 포장 시판되어 우리의 만두 취향을 저격하고 있다. 그중에서도 요즘은 얇은 피 만두가 대세. 일곱 개 브랜드의 김치만두를 비교하면서 알게 된 사실이다.

기름이나 육수 도움 없이 만두 맛만으로 정면 승부를 하기 위해 만두를 찌고 반으로 갈라서 먹어보고 기록했는데, 하도 많은 만두를 먹다 보니 나중에는 정신이 없어 그 기록지도 어영부영 쓰레기통에 버리는 사건이 벌어졌고, 기억이 희미하거나 헷갈리는 만두들은 한두 개씩 다시 쪄서 먹어보기도 했다. 그 결과는 당연히 나의 개인적인 입맛을 반영한 것이기 때문에 독자들께서는 갸우뚱할 수도 있을 터. 여러분의 입맛과 비교해보셔도 좋겠다. 오랜 세월 서민들의 식사를 해결해주었던 고향만두가 빠졌는데, 이 만두는 비교 시식할 필요가 없다. 소주가 안주 가리지 않듯 고향만두는 입맛과 조리법을 가리지 않고 옳으니까. 만두 시식을 하는 동안 입가심에 도움을 주었던 단무지에게도 감사. 역시 만두에는 단무지가 제격이다.

1. 풀무원 얇은피 꽉찬속 김치만두

평소에 늘 쟁여두고 먹는 만두다. 마트에 가면 지겹게 들리는 "얄피 얄피얄피얄피" CM송의 주인공, 풀무원의 주가를 올려주었다는 바로 그 얇은피 만두.

쪄서 먹어도 좋고 국으로 끓여 먹어도 손색이 없다. 워낙 피가 얇아서 소와 겉돌지 않고 잘 어우러진다. 풀무원 김 치만두의 가장 큰 특징 은 소에 다진 깍두기가  들어 있어 아삭아삭한 식감을 내준다는 것. 너무 다져서 뭉그러지는 것이 아니라 잘게 썰어 넣은 듯, 식감이 살아 있다. 그리고 매콤함이 꽤 강하다. '기왕 김치만두로 태어났다면, 매워라! 더 매워라!' 하는 취 향이어서 만족스러웠다.

이번에 비교 시식하면서 알게 된 바는 이 만두에서 두부 맛이 강하 게 난다는 것. 전에는 몰랐는데, 이번에 한 입 움푹 베어 무니 두부 맛 이 먼저 훅 끼쳤다. '만두에는 두부지!' 하시는 분들께는 좋은 만두다.

2. 비비고 수제만둣집 맛 김치만두

'0.7mm 만두피'를 내세운 비비고 김치만두. 만두의 빚음새도 복주 머니 같은 모양이다. 만두 공장 동영상을 본 적이 있는데, 당연한 사 실이겠지만 기계가 빚는데도 어쩜 브랜드마다 상품마다 다 다른지.

비비고는 '한섬만두'(한 입 베어 물고 나서 만두소 안에 커다란 목이버섯

이 존재감 뽐내며 들어 있
는 것을 보고 깜짝 놀랐다)
를 비롯해서 만두 업계
의 수준을 눈에 띄게 높

여주고 있는 브랜드다. '수제만둣집 맛 김치만두' 또한 참기름과 후추

가 적절하게 들어간 김치 소가 진한 맛을 낸다. 심지어 고추장을 넣은

게 아닐까 할 정도의 걸쭉함까지 함께 느껴진다.

풀무원이 무의 아삭함으로 승부를 걸었다면, 비비고는 어마어마

한 배추의 양으로 식감을 높인다. 포장지 사진에도 보이는 파란 배춧

잎을 보시라. 비비고 또한 찐만두는 물론 만둣국, 만두라면 등 국물과

함께 조리해도 좋은 만두다.

3. 곰곰 얇은피 김치만두

쿠팡의 자체 브랜드, 곰곰 얇은피 김치만두를 먹어봤다. '곰곰'이

라는 브랜드로 쌀도 나오고, 각종 만두에 시리얼, 도시락 등등 줄줄이

출시되어서 여기가 어딘가 궁금하던 차에, 청아식품에서 제조한 쿠팡

의 PB라는 것을 이번에 알았다.

곰곰 얇은피 만두는 우리가 보통 이야기하는 뒷짐만두, 만두를 잘 빚은 후 사람 손 뒷짐 진 것  처럼 양 끝을 동그랗게 오므려 붙여놓은 모양이다. 곰곰 만두 맛의 특징은 한마디로 시골 만두! 한 입 먹으면 '어? 시골 맛이 나네!' 하는 생각이 든다. 만두소에 된장을 섞었나 싶을 정도로 살짝 발효된 맛, 쿰쿰한 감칠맛이 일품이다. 그리고 짠 음식을 잘 먹는 편인 내 입에도 살짝 짜게 느껴진다. 떡국에 넣어 먹으면 참 좋겠다. 아무래도 뽀얀 사골 국물이 어울릴 듯한 맛.

4. 명인만두 잎새김치만두

명인만두는 나에게 '대흥역에 있는' 명인만두로 각인되어 있다. 예전에 다녔던 출판사 사무실이 대흥역 근처에 있었는데, 을밀대와 함께 직장 다닐 맛을 선사해주던 곳이었다. 그전에는 이곳을 김밥천국처럼 정신없는 메뉴와 가성비로 승부를 거는 분식집 정도로 알고 있었다.

명인만두는 1976년에 부산에서 시작되어 2대째 내려온 기업이다. 14년 전부터(라고는 하지만 기록 연도가 분명치 않아 더 오래되었을 듯) 프랜차이즈로 곳곳에 뿌리를 내려서 '명인만두'를 모르는 분은 없을 듯하다. 특히 불맛이 나는 '갈비만두'를 히트시킨 브랜드이기도 하다.

대흥역의 명인만두에서는 아주머니 두세 분이 돌아가며 일을 했는데, 아침부터 아주머니들이 악을 쓰며 싸우곤 했다. 아주머니 두 분이 나머지 한 분 험담을 하기도 하고, 왜 양배추 안 썰어놨냐고 푸념하기도 하고. 그런데 왜 아침부터 내 돈 내가면서까지 이분들 싸우는 소리를 들었느냐 하면 바로 만두, 김치만두 때문이었다. '프랜차이즈 공장 만두, 뭐가 맛있겠어.'라는 선입견을 걷어버린 만두가 바로 명인만두였다. 출근하는 길에 찐 김치만두 한 판 호로록 먹으면 전날 마셨던 술기운이 날아가는 느낌을 받았다. 만두로 해장, 충분했다.

그때의 맛을 과연 시판 만두에서 재현할 수 있을지 기대하면서 찜기에 쪄봤다. 과연 명인의 만두였다. 아침마다 내 속을 가라앉혀주었던 그 매콤함이 그대로 살아 있었다. 갈비만두를 간판으로 한 만둣집인 만큼 김치만두에서도 약간의 갈비 향과 같은 풍부함이 느껴진다. 풀무원이나 비비고의 얇은피 만두 정도로 베어 물면 만두소랑 바로 섞이는 정도는 아니었지만, 만두피의 식감은 아주 쫄깃한 편이다. 이 만두를 쫄면이나 떡볶이와 조합해서 드시는 분들의 영상이 유튜브 등에 있으니 참고하시길.

5. 창화당 김치참만두

종로구 익선동의 핫플레이스 창화당의 만두가 포장 만두로 개발되어 나왔다. 창화당은 '만두 잘하는 집'을 캐치프레이즈로 내건 곳이다. 사실 창화당에 가본 적은 없다. 줄 서서 먹어야 하는 유명한 곳은 일부러 잘 안 가게 되는 청개구리 정신이 있어서. 그런데 만두 맛은 궁금했다. 어떤 매력이 있기에 사람들을 줄 세워 대기를 시키는 것일까?

먹어본 결과, 창화당 만두는 모양새도 그렇고 맛도 그렇고, 찐만두로 먹기에는 무리가 있다. 무슨 일이 있어도 바싹 구워서 '겉바속촉'으로 먹는 것이 좋겠다.

창화당의 대표적인 메뉴가 바로 군만두이기도 하다. 단맛을 좋아하지 않고, 모든 음식에 설탕을 거의 넣지 않고 조리하는 나는 창화당 만두가 무척 달게 느껴졌다. 김치만두인데도 매운맛은 거의 느껴지지 않는다. 매운 음식을 잘 못 먹고 부드러운 맛을 선호하는 분들이라면 창화당 만두와 궁합이 잘 맞을 것 같다.

6. 동원 개성 얇은피 김치만두

동원F&B의 만두는 이번에 처음 먹어본 것 같다. 펭수까지 섭외해서 참치 라인 개발에 열을 올리는 곳 아닌가. '동원' 하면 참치, '샘표' 하면 간장이라는 붙박이 이미지 때문에 구미가 당기지 않았던 것이다. 막상 먹어보니, 매콤하게 식도를 긁고 넘어가는 맛이 최고다.

어떤 블로그에 이 안에 짠지인 듯한 무가 들어가서 식감이 좋다는 평이 있었는데, 만두소를 아무리 뒤져봐도 무를 찾을 수는 없었다. 그

블로거가 아무래도 풀무원 얇은피 만두 안에 들어 있는 무와 헷갈린 것이 아닌가 한다. 이름도

비슷하게 '얇은피 만두'라서. 동원 만두의 식감은 양으로 승부를 거는 강력한 배추의 파워에서 나온다. 굉장히 칼칼하고, 깔끔하고, 맛있게 맵다. 만두소에 청양고추가 있나 하고 숟가락으로 뒤져봤을 정도! 또 하나의 매력은 만두피가 굉장히 쫀쫀하다는 것이다. 에어프라이어나 만둣국, 찐만두 어떤 방법으로 조리를 해도 쉽게 터지지 않는다.

7. 오뚜기 X.O. 굴림만두 김치

오뚜기는 프리미엄 브랜드 X.O.로 굴림만두를 내놓았다. 굴림만두는 만두소를 동그랗게 완자처럼 빚어서 따로 반죽한 만두소를 감싸지 않고 밀가루에 굴려 전 부칠 때처럼 달걀흰자를 그 위에 살짝 묻혀서 삶아 만든 만두다. 두꺼운 만두피가 싫어서 만두소만 쏘옥 빼 먹는 바람에 매번 엄마한테 등짝 맞았던 분들이 계신다면 이런 굴림만두가 제격이지 않을까 싶다.

피로 특징을 드러내기 어려운 만큼, 굴림만두는 만두소로 진검승부를 해야 하는 상황.

오뚜기의 김치 소는 무난했다. 사실 기억이 잘 나지 않을 정도로 평이했다. 아마도 내가 짜고 매운 맛을 즐겨서 그럴 수도 있겠다. 김치만두라고 하기에는 너무나 고기만두스러운 맛이니, 풍부한 고기만두의 식감을 기대하시는 분들께는 만족스러운 만두가 될 것이다.